Winfried Freund

Die deutsche Kriminalnovelle von Schiller bis Hauptmann

WORT · WERK · GESTALT

Winfried Freund

Die deutsche Kriminalnovelle von Schiller bis Hauptmann

Einzelanalysen unter sozialgeschichtlichen und didaktischen Aspekten

Ferdinand Schöningh, Paderborn

Herstellung: Ferdinand Schöningh, Paderborn.

ISBN 3-506-72816-4

Inhalt

Inhalt

I. Einleitung

Von dem Begriff der Kriminalnovelle als Gattungsbezeichnung ist bisher wenig Gebrauch gemacht worden. Die einseitige Betonung der formal-strukturellen Seite novellistischen Erzählens im Rahmen einer ästhetisch orientierten Interpretationspraxis führte zu einer Vernachlässigung stofflich-thematischer Differenzierungsmuster, und überdies war man nur allzu schnell geneigt, das Kriminalgenre von vornherein der trivialen Spannungsmache zu verdächtigen. Deutlich schwingen diese Vorurteile noch in v. Wilperts Gegenüberstellung trivialer und seriöser Kriminaltexte mit: „Neben den wegen ihrer willkürlich-zufälligen und auf Überraschungseffekte berechneten Tatsachenverknüpfung dichterisch wertlosen und nur durch stoffliche Spannung die Abenteuerlust weiter Kreise befriedigenden Werken der Hintertreppen- und Schundliteratur steht eine Reihe künstlerisch bedeutsamer Kriminalromane großer Dichter, denen das rein Stoffliche willkommenen Anlaß zu einem Einblick in die Seele des zum Verbrechen getriebenen Menschen und die soziale Bedingtheit seines Handelns bot“[1].

Der apologetische Ton ist unüberhörbar. In dem Begriff der stofflichen Spannung sind die Vorurteile exemplarisch zusammengefaßt, und die Beschäftigung mit der etwas anrüchigen Gattung kann nur legitimiert werden durch die dem idealistischen Begriffsrepertoire entnommenen Hinweise auf die Seele und die großen Dichter.

Aber selbst der Hinweis auf die anerkannten Autoren, die nebenher eben auch Kriminaltexte verfaßt haben, hat die Literaturhistoriker bisher nicht dazu verleiten können, der Kriminalnovelle einen gebührenden Platz innerhalb der sogenannten seriösen Literatur einzuräumen. So stellt Benno v. Wiese in bezug auf Schillers Erzählung *Der Verbrecher aus verlorener Ehre* fest, daß dieser das „Zwingende und Geschlossene einer epischen Gestaltungsform“[2] fehle, Ernst Alker vergleicht in eindeutig pejorativer Absicht Grillparzers Novelle *Der arme Spielmann* mit dem *Kloster bei Sendomir:* „Stark fällt gegenüber dieser Meisternovelle das Zufallsprodukt *Das Kloster bei Sendomir* ab“[3], und unter Aussparung eingehender Analysen führt schließlich Fritz Martini zu den Kriminalnovellen Fontanes aus, daß sich hier „das stofflich-kriminalistische Interesse, das Spannungselement, die rational aus Strichelchen zusammengesetzte Konsequenz des psychologischen Ablaufs in den Vordergrund“[4] dränge.

Literaturhistorische Verdikte dieser Art führten dazu, daß man die genannten Novellen selbst in einer Zeit interpretatorischer Hochkonjunktur weitgehend ignorierte. Lediglich Schillers Kriminalerzählung wurde sporadische Beachtung geschenkt, aber auch das nur auf Grund der unangefochtenen Stellung ihres Autors innerhalb der Literaturhistorie. Auf der anderen Seite wurden eindeutige Kriminaltexte wie *Der Zweikampf* von Kleist, Hoffmanns *Das Fräulein von Scuderi,* Brentanos *Geschichte vom braven Kasperl und dem schönen Annerl* und die Drostesche *Judenbuche* in ihrem kriminalistischen Zuschnitt erst gar nicht ernstgenommen, sondern in der Deutung von vornherein idealistisch eingefärbt, indem man mystifizierende Interpretationskonstrukte an sie herantrug. Kleists *Zweikampf* gerät dabei in die Nähe einer erkenntnistheoretischen Studie über die Möglichkeiten menschlicher Wahrheitsfindung, Hoffmanns Erzählung wird einseitig zur Tragödie des romantischen Künstlers stilisiert, Brentanos Novelle erscheint als moralischer Traktat über das rechte Verhalten des Menschen zu seiner Umwelt und zur Transzendenz, und was schließlich die *Judenbuche* anbetrifft, so hat man von der Behauptung, es stelle sich hier das Böse als „Seinswidrigkeit“ dar, bis zu der These, es gehe der Droste um eine Abstrafung der superbia, nichts unversucht gelassen, sich den Zugang durch moralphilosophische Vorurteile gründlich zu verstellen.

Verantwortlich für die Ignoranz wie für die Vielzahl der Mystifikationen scheint die Nichtbeachtung der historisch-soziologischen Verankerung auch der literarischen Texte zu sein. Die Rezeption einer sozialgeschichtlich orientierten Textanalyse hat bisher weitgehend auf methodentheoretischer Ebene stattgefunden, praktische Anwendungsbeispiele blieben vereinzelt.

Gerade solche literarischen Texte aber, die ein kriminelles Geschehen zum Gegenstand haben, sind in besonderem Maße dem sozialen Umfeld verhaftet, denn verbrecherische Aktivitäten signalisieren ein gestörtes Verhältnis zwischen den Ansprüchen des einzelnen und den normativen Vorstellungen seiner Gesellschaft. Wo der individuelle Spielraum durch eine restriktive Gesellschaftsmoral ungebührlich eingeschränkt wird, oder der einzelne über einen auf Grund der gesellschaftlichen Rollenverteilung privilegierten Machtraum verfügt, und wo schließlich das soziale System selbst egoistische Interessenbildungen fördert, sind die sozialpsychologischen Bedingungen für verbrecherische Handlungen gegeben, die sich jeweils als Normverletzungen durch individuelle bzw. kollektive Übergriffe darstellen lassen.

Die jeweilige Konstitution der Norm läßt dabei wichtige Rückschlüsse auf die spezifische Gesellschaftsorganisation zu, ohne deren Kenntnis eine Deutung notwendig in die Irre gehen muß. Je nachdem, ob es sich um eine absolutistische oder aufgeklärte oder um eine konservativ-agrarische oder kapitalistische Gesellschaft auf dem Hintergrund des industriellen Aufschwungs handelt, wird sich ein unterschiedliches Normengefüge ergeben und damit eine unterschiedliche Akzentuierung der individuellen und gesellschaftlichen Aktivitäten. Erst die Verhältnisse innerhalb eines bestimmten sozialen Systems bedingen im letzten verbrecherische Handlungen. Radikaler drückt diesen Umstand der Sozialstatistiker Quetelet um die Mitte des 19. Jahrhunderts aus: „Die Gesellschaft bereitet die Verbrechen vor, der Kriminelle führt sie aus"[5].

Die gewählte Perspektivik und die Darstellungsweise können darüberhinaus Auskunft geben über die Stellung des Autors zu seinem spezifischen Gesellschaftskontext. Dabei kann theoretisch ein Spektrum erwartet werden, das von der Zustimmung über die Klage bis zur Anklage reicht. Keinesfalls kann es also nur darum gehen, die herangezogenen Kriminalnovellen als bloße Spiegelungen gesellschaftlicher Zustände aufzufassen, darüberhinaus gestalten sie individuelle Interpretationen des Verhältnisses von Individuum und Gesellschaft in einem bestimmten historischen Stadium und tragen dadurch zur Stabilisierung oder zur kritischen Reflexion der gesellschaftlichen Bedingungen bei.

Auf Grund ihrer bilateralen Struktur scheint die Novellengattung die Aufnahme von Kriminalstoffen ohne weiteres nahezulegen, zumal die sogenannten hohen Gattungen wie Tragödie und Epos niedere Handlungsmuster kaum zulassen. Daneben bildet gerade der kriminelle Akt das die novellistische Erzählweise konstituierende Gipfelereignis im Sinne der unerhörten Begebenheit und verlangt wegen seines Fallcharakters eine objektive Darstellung der Sachverhalte und der Motive, die die Tat auslösten. Es kann daher nicht verwundern, wenn einige der angesprochenen Novellenautoren authentische Ereignisse zugrundelegen oder doch zumindest eine Reihe erzähltechnischer Mittel aufbieten, um die Authentizitätsfiktion zu etablieren und aufrechtzuerhalten.

Das subjektive Moment tritt auf der Produktionsebene in der Darstellungsweise und in dem spezifischen Perspektivismus des Erzählens zutage. Auf der Rezeptionsebene sieht sich der Leser mit einem Ereignis konfrontiert, das ihn gerade wegen seiner Anomalität zu einem Urteil herausfordern muß. Die unerhörte kriminelle Begebenheit wird in der Tat zu einem Kasus, den es nach feststehenden Normen zu wägen und zu messen gilt. In der normativen Beurteilung lassen sich verschiedene Intensitätsgrade unterscheiden. Die Regel wird sein, daß der dargestellte Rechtsbruch an den Normen der Gesellschaft gemessen wird, in deren Rahmen er geschehen ist. Diese Beurteilungsstufe ist häufig in den novellistischen Prozeß bereits integriert. Aber nicht nur der Kasus selbst wird an den bestehenden Normen gemessen, sondern auch die historisch bedingten Normen sollen auf der Ebene des Rezipienten noch einmal gewogen werden nach ihrer Gültigkeit vor dem allgemein-menschlichen und moralischen Bewußtsein, das nach den Möglichkeiten humaner Existenz in bestimmten historischen Phasen fragt. Dabei können sich für den Rezipienten die geschichtlichen Normen als brüchig erweisen, so daß ein kritischer Reflexionsprozeß eingeleitet wird, der von der Einsicht in die historische Bedingtheit von Normen bis zur Erkenntnis der Notwendigkeit reichen dürfte, emanzipatorische Defizite, soweit sie ausschließlich historisch bedingt sind und der Verwirklichung einer humanen Gesellschaft entgegenstehen, abzubauen.

Das Verhältnis von Kasus und seiner normativen Beurteilung ist am prägnantesten in der Rechtssprechung ausgebildet und entspricht auf der Ebene novellistischer Darbietungsweise der dialektischen Spannung von objektiver Begebenheit und subjektiver Gestaltung. Insofern besteht zwischen der Verbrechensdarstellung und dem novellistischen Erzählen eine deutliche strukturelle Affinität, die sicherlich wesentlichen Anteil daran hat, daß so oft kriminelle Begebenheiten zum Gegenstand von Novellen gemacht worden sind.

Didaktisch bedeutsam ist vor allem, daß sich an der historisch bedingten normativen Entscheidung im Rahmen der Novelle Kritik entzünden muß im Blick auf den Freiraum des Individuums innerhalb eines gesellschaftlichen Systems. Die Dialektik von individueller Verbrechensausführung und gesellschaftlicher Reaktion dokumentiert den Öffentlichkeitscharakter der Kriminalnovelle und sichert ihr von vornherein eine große Breitenwirkung. Ihre Verflechtung mit dem sozialen Umfeld läßt sie als geeignetes Objekt für die Einführung in eine historisch-soziologische Interpretationspraxis erscheinen, deren Einübung integraler Bestandteil des Literaturunterrichts sein sollte. Dabei ist von besonderer Wichtigkeit, daß nicht nur inhaltliche Aspekte einer historisch-dialektischen Analyse unterworfen werden, sondern auch formal-strukturelle Phänomene wie die Perspektive und die epische Darstellungsweise ständig miteinbezogen werden müssen.

Gerade das subjektive Moment des Erzählens bildet die Voraussetzung für ein kreatives Lesen. Im Verhältnis von Kriminalfall und Rechtsnorm spiegelt sich konkret verdichtet die Kernfrage nach den notwendigen Grenzen individueller Entfaltung und zugleich nach der zumutbaren Eingrenzung des individuellen Freiraums. Unter didaktischen Aspekten ist die Kriminalnovelle besonders geeignet, die Dialektik von Ich und Umwelt ins Bewußtsein zu heben, so daß der Rezipient durch den konkreten Fall in die Lage versetzt wird, die Notwendigkeit einer tragfähigen Balance zwischen dem individuellen und dem sozialen Pol menschlicher Existenz zu erkennen. In diesem Sinne will die Kriminalnovelle Überlegungen zu der Möglichkeit eines gerechten Ausgleichzustands auslösen. Der Umstand, daß jede historisch bedingte Norm die höherwertige Norm des emanzipatorischen Bewußtseins wachruft und auf diesem Wege eine Normkritik eingeleitet wird, ist dabei entscheidend für die Verwirklichung der didaktischen Funktion der Kriminalnovelle.

Im folgenden sollen ausgewählte Kriminalnovellen von Schiller bis Gerhart Hauptmann einer Analyse nach den genannten Aspekten unterzogen werden. Als selektive Gesichtspunkte werden im besonderem Maße beachtet die epochale Aussagefähigkeit und die didaktische Valenz der einzelnen Texte. Die Novellen werden in Einzeldeutungen vorgeführt. Gleichzeitig soll jedoch der geschichtliche Zusammenhang bewußt gemacht werden, indem jede Novelle als repräsentativ für exponierte historische Orientierungsmuster dargestellt wird, so daß an der Anordnung der novellistischen Texte eine Art sozialgeschichtlicher Kontinuität ablesbar wird. Insofern stellen die einzelnen Novellenanalysen literaturhistorische Mikroabbilder dar, die exemplarisch einführen können in die soziokulturellen Bedingungen des ausgehenden 18. bis zu den Anfängen des 20. Jahrhunderts. Der Schwerpunkt liegt schon allein auf Grund der Gattungswahl im 19. Jahrhundert. Auf Anmerkungen im Text wird aus Gründen der besseren Lesbarkeit weitgehend verzichtet. An ihre Stelle tritt eine kommentierte Bibliographie.

II. Friedrich Schiller: Der Verbrecher aus verlorener Ehre

Schillers 1786 in der Thalia anonym erschienene Erzählung vom *Verbrecher aus Infamie*, wie der erste Titel lautete, eröffnet die Tradition der Kriminalgeschichte in Deutschland. Der heutige gebräuchliche Titel stammt aus dem Jahre 1792, als Schiller die Erzählung in die Sammlung *Kleinere prosaische Schriften* aufnahm. Der Grund für diese Titeländerung soll im Laufe der Analyse geklärt werden.

Schiller bezeichnet die Novelle als „eine wahre Geschichte" und verweist damit auf die realhistorische Verankerung der Gattung, für die auch in der Folgezeit der authentische Zuschnitt charakteristisch bleiben sollte. Die Geschichte von dem Räuber Friedrich Schwan (1729—60) war Schiller wohl durch seinen Lehrer Abel bekannt geworden, dessen Vater für die Festnahme und das Verhör des „Sonnenwirts" verantwortlich gewesen war.

Auffallend ist zunächst die breitangelegte sozialpsychologische Einführung, die das Leben Christian Wolfs, wie Schiller den Räuber nennt, als einen Rechts- und Krankheitsfall vorstellt. Ein komplexes Psychogramm des Menschen nach den mechanistischen Vorstellungen der Zeit wird entworfen. Die Seele erscheint in diesem Rahmen als ein dynamisches Kraftfeld, das sich nach den jeweiligen sozialen Einflüssen ausrichtet. „... wie sehr würde man erstaunen," schreibt Schiller, „wenn man so manchen, dessen Laster in einer engen bürgerlichen Sphäre und in der schmalen Umzäunung der Gesetze jetzt ersticken muß, mit dem Ungeheuer Borgia in einer Ordnung beisammen fände." Dominant ist demnach das Rollenbewußtsein des einzelnen, sein Eingebettetsein in die bürgerliche Gesamtgruppe, die durch Errichtung von Normen die willkürlichen individuellen Tendenzen in Schach hält. Aber ein solches dynamisches Gleichgewicht der Kräfte kann natürlich nur solange funktionieren, wie der einzelne die Wahrung der Gruppeninteressen mit seinem Bedürfnis nach Selbstschutz zu identifizieren vermag. Wo der gesellschaftliche Schutz ausbleibt oder zumindest in Frage gestellt ist, besteht die Gefahr eines individuellen Ausbruchs.

Schillers sozialpsychologische Vorstellungen wurzeln letzten Endes im Naturrecht, das im Gefolge von Hobbes und Thomasius als Legitimationsbasis der absolutistischen Gesellschaftsordnung diente. Danach können die selbstsüchtigen Einzelinteressen nur auf vertraglichem Wege eingedämmt werden, indem sich die Menschen einem Herrscher unterwerfen, dem alle Gehorsam leisten, und dadurch Schutz und die Möglichkeit eines humanen Lebens erhalten.

Durch die Bereitstellung solcher naturrechtlich begründeter Normen soll der Leser in die Lage versetzt werden, den Fall Christian Wolf zu messen und zu wägen. Die Spannung erwächst also weniger aus der dramatischen Wiedergabe eines Handlungsverlaufs, sondern aus der kasuistischen Dialektik von Fall und normativer Beurteilung. Folgerichtig betont Schiller daher „die republikanische Freiheit des lesenden Publikums, dem es zukömmt, selbst zu Gericht zu sitzen." Es kann nicht darum gehen, den Leser zu rühren, sondern ihn durch die möglichst objektive Wiedergabe der Fakten im Sinne einer Beweisaufnahme in die Lage zu versetzen, ein distanziertes Urteil zu sprechen. Auf diese Weise wird die novellistische Objektivität von vornherein gewährleistet. Der Autor selbst versteht sich dabei weniger als Redner und Dichter, sondern als ein ausschließlich an den Fakten orientierter Geschichtsschreiber, der in bewußter Öffnung zum Lesepublikum hin, diesem das letztgültige Urteil überläßt. Die Dialektik von Kasus und Norm, von Tatsachenbericht auf der Produktionsebene und des angestrebten distanzierten Urteils auf der Ebene des Rezipienten konstituiert die kriminalistisch-kasuistische Struktur der Novelle.

Die eigentliche Falldarstellung ist gekennzeichnet durch einen konsequenten Berichtstil. In knappen auf reine Information abgestellten Sätzen werden die sozialen Bedingungen der Existenz Christians genannt. Durch den frühen Tod des Vaters und die schlechte Wirtschaft im elterlichen Gasthausbetrieb entsteht ein erzieherisches Defizit. Übermaß an unausgefüllter Freizeit und vor allem Mangel an patriarchalischer Disziplinierung, ein wichtiger Faktor im absolutistischen Erziehungssystem, leisten Vorschub für die Aktualisierung individueller Willkür. Die unvorteilhafte äußere Erscheinung Christians führt überdies zu wiederholten Frustrationen bei seinen Versuchen, sich in seine soziale Umwelt zu integrieren. Diese Zurückweisungen bilden dann den eigentlichen Anstoß zu den Verletzungen gesellschaftlicher Normen, zumal seine Selbstdisziplin durch die angedeuteten erzieherischen Mängel nur unzureichend ausgebildet ist. „Er wollte ertrotzen, was ihm verweigert war."

Nur im Rahmen der Integration in den sozialen Kontext kann der einzelne zur Selbstdarstellung gelangen. Wo die Gesellschaft aber die Integrationsbereitschaft zurückweist, gefährdet sie notwendig die Einhaltung ihrer eigenen Normen, indem sie den Außenseiter in eine Affrontstellung hineintreibt.

Christians Wilderei, aus deren Erlös er sich die Gunst Johannes erkaufen will, stellt jedoch zu diesem Zeitpunkt noch keinen Racheakt gegen die Gesellschaft selbst dar, sondern bildet den Versuch, die versagte Integration trotz allem zu erzwingen. Noch bedeutet die Einbeziehung in den Sozialverband letztes Ziel seiner Handlungen, da er sich nur in diesem Rahmen eine optimale Verwirklichung seiner Ansprüche vorstellen kann. Immerhin deuten die durch die fortgesetzte Wilderei bedingten Normüberschreitungen sein gestörtes Verhältnis zu einer Umwelt an, die offenbar nicht schuldlos ist an dem zutagetretenden Konflikt. War es doch diese Gesellschaft, die den zunächst Integrationswilligen immer wieder zurückstieß.

Der Höhepunkt der Frustrationen ist erreicht, als Christian Wolf zum drittenmal der Wilderei angeklagt wird. Hatte er sich beim erstenmal noch mit einer Geldbuße aus der Affäre ziehen können, so warf man ihn das nächstemal bereits ins Zuchthaus, nachdem seine kleinen Geldmittel erschöpft waren. Nun aber ist er in den Augen des Gerichts reif für eine exemplarische dreijährige Festungshaft. Lakonisch merkt der Berichterstatter an: „Die Richter sahen in das Buch der Gesetze, aber nicht einer in die Gemütsverfassung des Beklagten." Ein subjektiver Kommentar dieser Art ist um so bemerkenswerter, als er nachhaltig gegen den erklärten objektiven Berichtstil der Novelle verstößt. Offenbar soll aber gerade durch dieses bewußte Durchbrechen der dokumentarischen Wiedergabe, durch das Umschlagen des objektiven Berichts in die subjektive Anteilnahme das unerträgliche Ausmaß gesellschaftlicher Ungerechtigkeit indiziert werden. Damit wird zum erstenmal deutlich Kritik an einer Gesellschaft geübt, die sich weigert, Integrationshilfen zu leisten und den einzelnen aus Unverständnis in eine Außenseiterposition hineintreibt, wo ihm jede Chance zur Realisierung von Ichansprüchen genommen ist. Christian ist am Scheideweg seiner bisherigen Entwicklung angelangt. Die Gesellschaft hat ihm die Schutzfunktion gekündigt und ihm die Möglichkeiten eines humanen Lebens verwehrt, so daß er nun auch seinerseits, praktisch in den Naturzustand zurückgestoßen, keinen Anlaß mehr sieht, den gesellschaftlichen Integrationszusammenhang zu respektieren. Das Höchstmaß an Frustration bedingt ein Höchstmaß aggressiven Verhaltens von seiner Seite.

Die totale Isolation spiegelt sich in dem Umschlag in die Ich-Perspektive: „Von jetzt an lechzte ich nach dem Tag meiner Freiheit, wie ich nach Rache lechzte. Alle Menschen hatten mich beleidigt, denn alle waren besser und glücklicher als ich. Ich betrachtete mich als den Märtyrer des natürlichen Rechts und als ein Schlachtopfer der Gesetze." Christian wird nun in der Tat zu einem Verbrecher aus verlorener Ehre. Der völlige Verlust des gesellschaftlichen Ansehens, den er nach seiner Entlassung zu spüren bekommt, treibt ihn auf dem Höhepunkt der Ächtung zu einer Kette vorsätzlicher krimineller Handlungen. „... es kitzelte mich, das fürstliche Edikt zu verhöhnen und meinem Landesherrn nach allen Kräften zu schaden." Es ist bezeichnend, daß sich seine Rache letzten Endes gegen den Landesherrn selbst richtet, denn in Christians Augen ist dieser in erster Linie als absolutistischer Garant der Schutzfunktion und der humanen Entfaltungsmöglichkeiten für seinen Zustand der Isolation verantwortlich. Nur die vollzogene und gewährte Integration ist die naturrechtlich verankerte Bedingung für die Unterwerfung der individuellen Interessen unter das vom Fürsten garantierte Gemeinwohl. Wo diese Bedingung nicht erfüllt wird, muß notwendig auch die Unterwerfung fortfallen. Der einzelne, von der Gesamtgruppe betrogen, sieht sich wieder seinen selbstsüchtigen Interessen ausgeliefert, die aber, wie zu zeigen sein wird, nicht zur Realisierung seiner humanen Existenz führen.

Von Rachegedanken geleitet, erschießt Christian den Jäger Robert, der ihn bei den Behörden angeschwärzt und ihm überdies die Gunst bei Johanne streitig gemacht hatte. Symbolisch heißt es: „Es war kaum eine Viertelmeile abseits der Heerstraße, wo die Tat geschehen war." In der Natur, abseits vom Dorf als Ort des normativ geregelten gesellschaftlichen Miteinanders, erfolgt durch den Mord die endgültige Lösung von allen integrativen Zusammenhängen. Die Tatkulisse der ungebändigten Natur entspricht dabei genau der Situation des wieder in den unbefriedeten Naturzustand zurückgestoßenen Täters.

Im naturhaften Rahmen vollzieht sich folgerichtig auch das weitere Geschehen im Sinne einer kontinuierlichen Abwärtsentwicklung der Hauptfigur. Eine wichtige Station innerhalb dieser Entwicklung stellt die Begegnung mit dem Anführer einer Räuberbande dar, der dem frustrierten Außenseiter zum erstenmal eine Chance zur Integration zu bieten scheint. „In dem Zustand, worein ich versunken war, hätte ich mit dem höllischen Geiste Kameradschaft getrunken, um einen Vertrauten zu haben.“ Das Bewußtsein, nur in der Gemeinschaft Mensch sein zu können, ist bei Christian also keineswegs ausgelöscht. Das bisher enttäuschte Verlangen nach sozialer Einbettung muß daher als Grund für die Identifikation mit dem Kriminellen schlechthin angesehen werden.

In der Tat erscheint das Verhalten der Gesellschaft verantwortlich für die Entstehung gesellschaftsbedrohender Minderheiten. Die von dem Bandenführer geäußerte radikale Kritik an den bestehenden Verhältnissen ist für diesen Zusammenhang bezeichnend: „Weil du ein paar Schweine geschossen hast, die der Fürst auf unsern Äckern und Feldern füttert, haben sie dich Jahre lang im Zuchthaus und auf der Festung herumgezogen, haben sie dich um Haus und Wirtschaft bestohlen, ... Ist es dahin gekommen, Bruder, daß der Mensch nicht mehr gelten soll als ein Hase? Sind wir nicht besser als das Vieh auf dem Felde?“ Plastisch wird die absolutistische Hierarchie von Obrigkeit und Untertanen als die eigentliche Quelle sozialer Ungerechtigkeiten angesprochen. Es darf allerdings nicht übersehen werden, daß diese modern anmutende, an der sozialen Privilegierung orientierte Kritik in den Mund eines Gesetzlosen gelegt wird.

Auf der Basis des normgebenden Naturrechts, das so deutlich in den einleitenden Überlegungen anklingt, ist die absolutistische Gesellschaftsordnung unabdingbare Voraussetzung für die Kultivierung des Menschen. In der konsequenten Verlegung des kriminellen Geschehens in die Naturumgebung und in dem Umstand, daß die Gesellschaftskritik von einem notorischen Normverletzer geäußert wird, kommt die subjektive Seite novellistischen Erzählens in Form der auktorialen Wertung zum Ausdruck. Auch im folgenden wird kein Zweifel daran gelassen, daß der von Christian beschrittene Weg in eine verderbenbringende Sackgasse führen muß. Christian selbst ist sich über eine solche Entwicklung zunächst völlig im klaren. Vor dem Abstieg in das in einer Mulde gelegene Räuberlager stehend, äußert er in fast aufdringlicher Symbolik: „Ich sah in den Schlund, der mich jetzt aufnehmen sollte; es erinnerte mich dunkel an den Abgrund der Hölle, woraus keine Erlösung mehr ist.“

Die symbolische Einbeziehung der Natur macht in besonderem Maße den Grad subjektiver Stellungnahme augenfällig und schränkt die republikanische Freiheit des Lesers empfindlich ein. Der Hinweis auf die objektive Berichterstattung enthüllt sich als die Konstituente einer Authentizitätsfiktion, die die Übernahme der vor allem im Gestalterischen verwirklichten Wertung nahelegt. Zu den Wertungssignalen tritt neben dem naturhaften Handlungsraum und der Natursymbolik die präteritale Perspektive des rückschauenden Selbstbekenntnisses die wesentlich zur Distanzierung und Relativierung einmal eingenommener Standpunkte beiträgt.

In der ersten Genugtuung über die Integration in die Räuberbande, die ihm sogar die Führungsrolle anträgt, gibt Christian seiner trotzigen Freude Ausdruck: „Die Welt hatte mich ausgeworfen wie einen Verpesteten — hier fand ich brüderliche Aufnahme, Wohlleben und Ehre." Aber noch im gleichen Abschnitt wird aus der Rückschau der erreichte Zustand in seiner ethischen Werthaftigkeit relativiert. „... ich war erklärter Eigentümer einer H(ure) und das Haupt einer Diebesbande." An dieser Stelle bricht der Bericht in der Ich-Form ab, der inhaltlich wie formal den Tiefpunkt einer Entwicklung signalisierte, die vom Gesellschaftlich-Normativen zum Individuell-Willkürlichen geführt hatte. Die zitierte relativierende Äußerung zum Abschluß leitet bereits über zu den neuerlichen Integrationsversuchen im dritten Teil der Novelle.

Wie sehr die kasuistische Dialektik von Falldarstellung und Leserurteil schon in die bilaterale Novellenstruktur hineingenommen ist, zeigen zu Beginn des dritten Teils die auktorialen Interventionen des Erzählers. Ausdrücklich wird die nun folgende Kette verbrecherischer Handlungen ausgespart und auf das spätere Verhör Christians hingewiesen. Die intensive Raffung zusammen mit der Vorausdeutung dienen der Konzentration auf die eigentliche Integrationsproblematik der Novelle. Der Wiedergabe von Handlungsabläufen kommt unter diesem mehr didaktischen Aspekt nur sekundäre Bedeutung zu.

Deutlich muß Christian bald erkennen, daß die brüderliche Eintracht unter den Räubern nur scheinhaft ist. „Neid, Argwohn und Eifersucht wüteten im Innern dieser verworfenen Bande." Folgt man der naturrechtlichen Auffassung, die in dieser Novelle unstreitig die normative Basis abgibt, so konnte eine solche Erkenntnis nicht ausbleiben, denn das Bewußtsein der Geborgenheit kann sich danach ja nur dann einstellen, wenn der absolutistische Machthaber die Bürgschaft für die gesellschaftliche Sicherheit übernimmt. Christian handelt daher folgerichtig, wenn er sich in mehreren Petitionen an den Landesherrn wendet und diesem seine völlige Unterwerfung anbietet,

2 Freund, Kriminalnovelle (72816)

wenn man ihm eine Chance gäbe, den durch sein Verhalten beleidigten Staat wieder zu versöhnen. Als diese Versuche ergebnislos verlaufen entschließt er sich, auf eigene Faust zu handeln. Er entwischt der Räuberbande und gelangt zurück in die geregelte Gesellschaft eines Städtchens. Aber nun zeigt sich, daß er der unmittelbaren Konfrontation mit der Ordnung nicht mehr gewachsen ist. Zu schwer lastet auf ihm der Druck seines depravierten antisozialen Lebens. „Böses Gewissen macht ihn zum Dummkopf", heißt es kommentierend, als er die Neugier der Leute als eindeutige Verdächtigung auffaßt. Nach seiner Festnahme weigert sich Christian zunächst, ein Geständnis abzulegen. Die entgegenkommende Haltung des Oberamtmanns jedoch überwindet schließlich seinen Trotz. „Die Bescheidenheit, womit Sie mich heute behandeln, hat mir Vertrauen und Achtung gegen Sie gegeben." Vorbildhaft wird in der Gestalt des Amtmanns ein Mensch vorgeführt, der an die Stelle der Härte der früheren Richter Christians die Freundlichkeit setzt, an die Stelle der Verständnislosigkeit mitmenschliches Fühlen. Endlich wird dem gesellschaftlichen Außenseiter die Integrationshilfe zuteil, deren Verweigerung zur Quelle verbrecherischer Handlungen geworden war. Eine Auflockerung der starren gesellschaftlichen Front zeichnet sich ab, indem sich die Gesellschaft nicht länger als selbstgenügsame Institution betrachtet, sondern in Gestalt des Oberamtmanns ihre wesentliche Aufgabe wahrnimmt, die in der integrativen Befriedung des einzelnen besteht. Die Novelle endet mit Christians Geständnis. Der letzte Satz: „Ich bin der Sonnenwirt!", in wörtlicher Rede dem Vertreter des Gesetzes gegenüber geäußert, gliedert das rebellische Ich auch formal wieder ein in das normativ geregelte menschliche Miteinander.

Schillers Novelle weist einen hohen Grad der Geschlossenheit auf. Am Anfang steht der naive Integrationswillen Christians, der auch durch einige Rückschläge zunächst nicht gebrochen zu werden vermag. Ohne Anzeichen einer kritischen Reflexion fühlt er sich dem gesellschaftlichen Kontext zugeordnet. Nur in diesem Rahmen kann er ja zur Verwirklichung seiner selbst finden. Es ist daher folgerichtig, wenn Schiller für diese Entwicklungsphase den Erzählerbericht wählt, der den einzelnen in den epischen Kontext integriert.

Im Mittelteil wird die Isolation Christians sinnfällig gemacht durch das Umschlagen in die Ich-Form. Am Ende dieser Phase setzen verstärkt die Reflexionen über das Verhältnis des einzelnen zum sozialen Verband ein und führen schließlich zu Versuchen der Reintegration. Konsequent lenkt der Erzähler daher wieder zurück zur Form des epischen Berichts, der nun bis zum Ende durchgehalten wird.

Der Perspektivik entspricht die Wahl der Handlungsräume. Der Binnenteil ist gekennzeichnet durch die Naturkulisse als symbolischer Ausdruck für den unbefriedeten Naturzustand des einzelnen, während die Rahmenteile innerhalb des Sozialverbands spielen und im Zeichen integrativen Verhaltens stehen.

In der Strukturierung der Novelle spiegelt sich das Schillersche Begriffspaar des Naiven und Sentimentalischen. Christian erlebt an sich in steigendem Maße das Auseinanderbrechen der als selbstverständlich empfundenen Einheit von Ich und Umwelt bis hin zur völligen Isolation. Die in dieser Phase einsetzende Reflexion führt dann zu einem vertieften Verständnis der Notwendigkeit sozialer Eingliederung. Dabei indiziert der epische Bericht in den Rahmenteilen die Einbettung der zentralen Figur in die Erzählfunktion, während das Selbstbekenntnis des Binnenteils die Reflexionsstufe anzeigt.

Im wesentlichen ist es diese strukturelle Geschlossenheit, die der Novelle den Charakter eines Plädoyers für die zeitgenössische absolutistische Gesellschaft verleiht. Ausgehend von der naturrechtlich begründeten Norm, kann es eine Entfaltung humaner Möglichkeiten nur im Rahmen des integrativen Zusammenhangs geben. Damit wird die Position des Landesherrn zur unabdinglichen Voraussetzung für die Humanisierung. Unverkennbar ist die politisch-gesellschaftlich stabilisierende Tendenz der Novelle, die Zeugnis gibt für die wachsende Annäherung des Bürgertums an den politisch dominanten Adel am Ende des 18. Jahrhunderts.

Wesentlicher Anlaß für diese Annäherung war der steigende Kapitalbedarf in den einzelnen Territorialstaaten, der letzten Endes nur durch die Förderung des bürgerlichen Gewerbefleißes zu decken war. In diesem Sinne wirkte Schlosser, der bürgerliche Schwager Goethes, als bedeutsamer Industrieförderer in Baden-Württemberg, und der Patriziersohn Goethe selbst versuchte durch seine Finanzreform von 1783 den übersteigerten Ansprüchen des kleinen sächsischen Staatswesens gerecht zu werden. Der Bürger begann sein wachsendes Ansehen in den Augen der Fürsten zu genießen und erklärte sich zu einer gemeinschaftsbewußten Interaktion mit der politisch führenden Feudalschicht bereit, zumal die vom bürgerlichen Geist getragenen politischen Reformbewegungen der Aufklärung ohnehin ohne Erfolg geblieben waren.

Die wirtschaftlich begründete Annäherung konnte nicht ohne Einfluß bleiben auf die seriöse Literatur. In diesem Zusammenhang muß auch Schillers Kriminalnovelle gesehen werden, die konsequent die Gruppeninteressen über die Interessen des einzelnen stellt. Charakteristisch für die Zeit ist es aber nun, daß es nicht länger für möglich gehalten wird, die Gesellschaft durch ihr bloßes Vorhandensein hinreichend zu begründen, wie es in der voraufklärerischen Zeit der Fall gewesen war, vielmehr wurde nun kritisch nach der Legitimation gesellschaftlichen Glücks und nach den Ursachen für gesellschaftliches Unglück gefragt. Beides geschieht in der vorliegenden Novelle. Die Gesellschaftsordnung wird naturrechtlich begründet, und in der kasuistischen Struktur von Norm und Urteil spiegelt sich der aufgeklärte Bürger, der sich nicht mehr fraglos unterordnen will, sondern nach Begründungen für die erwartete Integration verlangt.

Einsichtig wird auf diesem Hintergrund auch die Infragestellung eines naiven Integrationswillens, der nach dem Durchgang durch eine isolierte Reflexionsstufe kritisch vertieft erscheint. Die tradierten Gesellschaftsformen müssen es sich gefallen lassen, nach vernünftigen Prinzipien gemessen zu werden, erst dann erscheint die Tragfähigkeit des sozialen Fundaments gewährleistet. Insofern entspricht der Dreieraufbau der Novelle den realgeschichtlichen Stufen der voraufklärerischen fraglosen sozialen Eingliederung, den zum Teil revolutionären Tendenzen der Aufklärung selbst und schließlich der nachaufklärerischen kritischen Integration des Bürgers.

Die Frage nach der Legitimation einer bestehenden sozialen Ordnung impliziert auf der anderen Seite aber auch die Frage nach den Ursachen für gesellschaftliches Fehlverhalten. In diesen Zusammenhang gehört die unüberhörbare Kritik an der Verweigerung von Integrationshilfen dem sozial gefährdeten Christian Wolf gegenüber. Dadurch wird die gesellschaftliche Gliederung als solche zwar keineswegs in Frage gestellt, immerhin werden aber auf diesem Wege reformerische Tendenzen sichtbar, die den kritisch-aufgeklärten Bürger am Werk zeigen. Am Rande werden darüberhinaus sogar schärfere Töne angeschlagen. So, wenn der Bandenführer, dem Christian im Wald begegnet, die absolutistische Hierarchisierung in ihrer Berechtigung überhaupt in Frage stellt. Pathos der Revolutionszeit scheint in solcher Kritik bereits anzuklingen, aber noch wird der Revolutionär als verbrecherische Randerscheinung diffamiert. Der politisch-ökonomische Ausgleich zwischen Adel und Bürgertum hatte zu einer gesellschaftlichen Beruhigungsphase geführt, die im kulturellen Bereich als der entscheidende Nährboden für die deutsche Klassik gelten dürfte. Über die Haltbarkeit einer solchen bürgerlich-aristokratischen Interessenverbindung sollte die Folgezeit entscheiden.

Was die vorliegende Novelle anbetrifft, so kann kein Zweifel bestehen, daß die geforderte republikanische Freiheit des Lesers in erster Linie auf die kritische soziale Integration abzielt und einen Appell an den Bürger darstellt, gesellschaftliche Härten, denen Christian noch zum Opfer fällt, abzubauen, indem er die Normen seiner eigenen sozialen Existenz zu reflektieren beginnt.

III. Heinrich von Kleist: Der Zweikampf

Die im Jahre 1811 im zweiten Band der Erzählungen erschienene Novelle, die thematisch auf Froissarts *Chroniques de France* zurückgeht, weist in raffinierter Modifizierung den typischen Aufbau einer Kriminalerzählung auf. Am Anfang steht der heimtückische Mord an dem Herzog Wilhelm von Breysach, nachdem dieser die Legitimation seines vorehelich geborenen Sohnes beim Kaiser erwirkt hat. Unmittelbar nach der Tat setzen intensive Aufklärungsversuche ein, die den Verdacht mehr und mehr auf Jakob den Rotbart, den Halbbruder des Herzogs, lenken. Sowohl das Motiv, das sich als das Verlangen nach der Machtübernahme im Lande zu erkennen gibt, als auch die aufgefundene Tatwaffe bilden gewichtige Verdachtsmomente, die eine baldige Entlarvung des Grafen erwarten lassen.

Aber an dieser Stelle gerät die gradlinige Handlungsführung ins Stocken, da die Herzogin aus Furcht vor möglichen Unruhen und zur Wahrung ihrer eigenen Regierungsinteressen sich gar nicht an einer Anklage ihres Schwagers interessiert zeigt. In einem Brief läßt sie ihn sogar zur Verwunderung des Lesers wissen, daß sie von seiner Unschuld überzeugt sei. Hier setzt eine gegenläufige Bewegung zur Tataufklärung ein, die sich bis zum Ende steigernd fortsetzt. Dabei wird durch den subjektiven Erzählerkommentar der Verdacht des Lesers nahezu zwingend bestätigt, denn als der Graf den Brief in Händen hält, vermag er nur „die Vernichtung seiner Seele verbergend", vor der Gesellschaft den Entrüsteten zu spielen. Sein Entschluß, sich selbst den Gerichten zu stellen, um seine sogenannte Unschuld öffentlich erweisen zu lassen, führt zu einem der ersten Höhepunkte im Zuge der Tatverschleierung. Der Leser, überzeugt von der Schuld des Grafen, wird zum Zeugen einer erregenden Maskerade, in deren Verlauf der Schein über das Sein, die Schuld über die Unschuld zunächst triumphiert.

Jakobs Alibi stellt die unbescholtene Littegarde unter den Verdacht erotischer Freizügigkeiten, ein Verdacht der die Vertreibung der Unschuldigen durch ihre Brüder bedingt, die nicht zuletzt an einer Vergrößerung ihres Erbteils interessiert sind. Als Friedrich von Trota für die beschuldigte Littegarde in die Bresche springt, kommt es im Rahmen eines angestrebten Gottesurteils zu einem Duell zwischen Jakob und Friedrich, das der Graf für sich entscheidet. An dieser Stelle ist der absolute Höhepunkt der Tatverschleierung erreicht. In den Augen des Gerichts ist die Unschuld des Schuldigen erwiesen. Für den Leser ist damit allerdings das Vertrauen in die irdische Rechtssprechung auf einem Tiefpunkt angelangt.

Doch die Krise fordert die Intervention wunderbar-irrationaler Kräfte heraus. Der schwerverwundete Friedrich von Trota erholt sich überraschend schnell von seinen an sich tödlichen Wunden, während Jakob der Rotbart an einer leichten Verletzung zugrundegeht. Erst das Ende der Geschichte bringt durch diese wunderbare Fügung die Gerechtigkeit zutage, die den Machenschaften des Täters bereits erlegen zu sein schien. Tatdarstellung, das geschickt eingebaute retardierende Moment der Tatverschleierung und die überraschend einsetzende Tataufklärung bilden die raffinierte Struktur einer Kriminalhandlung, deren Spannung aus den Tarnungsversuchen des Täters erwächst, hinter denen sich die Frage nach den Möglichkeiten und Bedingungen objektiver irdischer Rechtssprechung verbirgt.

Aber die Novelle ist mehr als eine lediglich raffiniert gebaute Kriminalerzählung mit rechtsphilosophischem Tiefgang. Durchgehend und konstitutiv für die Ereignisabfolge ist die Dialektik von objektivem Rechtsschein und subjektivem Rechtsgefühl, die im vorliegenden Falle die bilaterale Struktur der Gattung realisiert. Nicht nur der Erzähler verweist durch gelegentlich eingestreute Kommentare wie in dem bereits zitierten Fall auf die eigentliche Wahrheit, sondern auch die von den Gerichten letzten Endes beschuldigten Personen bekennen sich immer wieder zu ihrem unerschütterlichen Rechtsgefühl.

Als sich Littegarde an Friedrich von Trota wendet, ruft dieser gänzlich ohne einen positiven Beweis aus: „In meiner Brust spricht eine Stimme für Euch, weit lebhafter und überzeugender, als alle Versicherungen, ja selbst als alle Rechtsgründe und Beweise, die Ihr vielleicht aus der Verbindung der Umstände und Begebenheiten, vor dem Gericht zu Basel für Euch aufzubringen vermögt." Die Möglichkeit einer Inkongruität zwischen dem positiven Recht und dem subjektiven Rechtsgefühl deutet sich in solchen Worten an, und es wird kein Zweifel daran gelassen, daß dabei das letztere den höheren Grad an Verläßlichkeit besitzt. Selbst noch nach verlorenem Zweikampf und in Erwartung des unvermeidlichen Todesurteils versichert Friedrich Littegarde gegenüber: „... Deine Unschuld wird, und wird durch den Zweikampf, den ich für dich gefochten, zum heitern, hellen Licht der Sonne gebracht werden."

Vor der Unerschütterlichkeit der inneren Rechtsstimme erscheint die positive Rechtssprechung in einem quälenden Zwielicht. Selbst die scheinbar verläßliche Basis des Gottesurteils ist in diese skeptische Basis miteinbezogen, ein Umstand, der auf die Fragwürdigkeit menschlich gesetzter Normen und Kontrollen verweist und den Eindruck einer ohnmächtigen Orientierungslosigkeit wachruft. Im letzten verantwortlich für die zutage tretende Diskrepanz zwischen subjektiver Rechtsgewißheit und äußerem Rechtsschein ist die korrupte Einstellung des Grafen, aber auch das Beharren auf dem Regierungsanspruch durch die Herzogin, die im Rahmen der Novelle jedoch ungestraft davonkommt. War sie es doch, die zur Aufrechterhaltung ihrer herrschenden Position, die sie nach der Ermordung ihres Mannes übernommen hatte, sich einer Anklage ihrem Schwager gegenüber energisch widersetzte und das trotz zwingender Verdachtsmomente. Erst ihr ausschließlich egoistisch motiviertes Vorgehen ermöglicht es dem Grafen, nun seinerseits zum Gegenangriff überzugehen, um auf diesem Wege seine behauptete Unschuld um so überzeugender in den Augen der Welt darzustellen. Aber selbst in ihm meldet sich die innere Rechtsstimme, die ihn schuldig spricht und die er nur unter Aufbietung seiner ganzen Verstellungskunst zum Schweigen bringen kann. In diesem Sinne ist der zitierte Erzählerkommentar ein Beweis für die unumstößliche Glaubwürdigkeit und Verläßlichkeit des subjektiven Rechtsgefühls selbst im Bewußtsein des schuldigen Menschen.

Erst die Korruption durch die Macht, und das gilt sowohl für die Herzogin als auch für den Grafen, wird zur Quelle der geschilderten Diskrepanz und bringt die Verwirrung in die Welt, die dem Schuldigen den Schein der Unschuld verleiht und den Unschuldigen schuldig erscheinen läßt. In diesem Zusammenhang ist auch die heftige Reaktion der Brüder Littegardens erwähnenswert. Bevor sie „in mißgeschaffener Leidenschaft" die eigene Schwester verstoßen, heißt es von Littegarde, daß sie „aus Besorgnis, ihren beiden, auf die Hinterlassenschaft ihres Vermögens rechnenden Brüdern" zu mißfallen, auf eine Heirat verzichtet habe. Auch hier sind die egoistischen Motive, in diesem Fall die Aussicht auf ein vergrößertes Erbteil, entscheidend für das blinde Vertrauen auf den äußeren Rechtsschein.

Macht- und Besitzdenken korrumpieren das einzig verläßliche subjektive Rechtsgefühl und führen zu empfindlichen Störungen im Verkehr der Menschen miteinander und innerhalb der menschlichen

Gemeinschaft überhaupt. Mitfühlendes Verständnis und die Bereitschaft, sich für den anderen bedingungslos einzusetzen, sofern es um die Verteidigung seiner Unschuld geht, kann es nur zwischen Menschen wie Littegarde und Friedrich geben. Wo materiell-egoistische Motive die Oberhand gewonnen haben, bricht die Beziehung zwischen den Menschen abrupt ab. An die Stelle verständnisvoller Kommunikation tritt der auf die Vernichtung des anderen abzielende Besitz- und Machtwille.

Wie sehr die Welt von materiellen Zielsetzungen beherrscht wird, zeigen einerseits die fortgesetzten Erfolge des Grafen bis unmittelbar vor dem Ende der Novelle und der Umstand, daß sowohl die Herzogin als auch die Brüder Littegardens im Besitz der Vorteile bleiben, die sie sich durch die gewinnbringende Unterdrückung des inneren Rechtsgefühls verschafft haben, andererseits sind aber auch die Hilflosigkeit und die Glücklosigkeit von Littegarde und Friedrich ein Zeichen für die Dominanz egoistischer Interessen im Rahmen des weltlichen Handelns. Der Höhepunkt der glücklosen Aktion der Unschuldigen ist erreicht, als sich Friedrich von Trota beim Zweikampf in seine eigenen Sporen verwickelt und dadurch die Voraussetzung für den vorläufigen, die Gerechtigkeit auf den Kopf stellenden Sieg des Grafen schafft. Nun wäre es aber verfehlt, in solchen Zwischenfällen lediglich Anzeichen der Ungeschicklichkeit und Ungeübtheit zu sehen, vielmehr dokumentiert sich an solchen Stellen symbolisch die weltliche Vorherrschaft des Macht- und Besitzdenkens über die allein dem inneren Rechtsgefühl verpflichteten Handlungsorientierungen.

Der Konflikt zwischen der korrupten von den privilegierten Schichten beherrschten Gesellschaft und dem integeren, aber machtlosen einzelnen bildet das thematische Fundament der Kleistschen Kriminalnovelle. Eindeutig ist das Recht auf der Seite der sittlichen Einzelpersönlichkeit, die ständig der Gefahr zu erliegen droht, Opfer der egoistisch bestimmten Machenschaften derjenigen zu werden, denen es im eigentlichen aufgegeben ist, über die Wahrung des Rechts zu wachen.

Es dürfte nicht am Sinn der Erzählung vorbeigehen, wenn man hier bereits deutliche Einflüsse der Französischen Revolution am Werk sieht. Die Wahl des 14. Jahrhunderts als des historischen Rahmens, in den das Geschehen hineingestellt ist, fungiert offenbar nur als verfremdender Kunstgriff, um die depravierten Verhältnisse der eigenen Zeit aus der Distanz um so deutlicher zu beleuchten. Nicht zufällig erscheint es daher, wenn Kleist seinen Stoff einer französischen Chronik entnimmt und auf diesem Wege auf die Mißstände in der aristokratisch beherrschten Gesellschaft vor der Revolution verweist. Gleichzeitig wird dadurch dem deutschen Leser eine Übertragung auf die eigenen Verhältnisse nahegelegt, die offenbar manche Übereinstimmung aufweisen.

Auch noch nach der Französischen Revolution herrschten in den deutschen Territorialstaaten durchaus absolutistische Machtverhältnisse, die durch die Ereignisse in Frankreich nur vorübergehend in Frage gestellt worden waren. Außerdem hatte Kleist, der sich von einer nationalen Befreiung auch eine Befreiung des einzelnen versprochen hatte, erfahren müssen, wie im Jahre 1806 die im Rheinbund vereinigten deutschen Fürsten der Reichsidee abgeschworen hatten mit dem eindeutigen Hintergedanken, an der Kriegsbeute Napoleons partizipieren zu können unter gleichzeitiger Stärkung ihrer kleinstaatlichen Souveränität. Überhaupt mußte Napoleon als Hemmschuh einer freiheitlichen Entwicklung erscheinen, denn auf sein Betreiben war der als Jakobiner diffamierte Freiherr vom Stein zweimal seines Amtes enthoben worden, nachdem er sich nachdrücklich für eine Befreiung des Untertanen eingesetzt hatte. Der französische Machthaber und die deutschen Fürsten spielten sich zur gegenseitigen Sicherung ihrer Interessen ungeniert die Vorteile zu.

Macht- und Besitzdenken erschienen also auch hier als die bestimmenden Faktoren der unmittelbaren geschichtlichen Wirklichkeit. Dem am Eigennutz orientierten Vorgehen der Potentaten stand das in der Revolution entbundene Selbstbewußtsein des einzelnen gegenüber, der bei wachsender Auflösung der alten Bindungen und Normgebungen innerhalb einer im wesentlichen geschlossenen Gesellschaft eine Möglichkeit zur Selbstbestimmung sah.

Der Konflikt zwischen Littegarde und Friedrich auf der einen Seite, und dem Grafen, der Herzogin und Littegardens Brüdern auf der anderen, die in der Novelle die Repräsentanten der herrschenden Schicht darstellen, muß demnach als ein kritisch gestaltetes, zeitlich und räumlich entrücktes Modell des gesellschaftlichen Zustandes in der vorrestaurativen Phase in Deutschland aufgefaßt werden. Die Ohnmacht der auf dem subjektiven Rechtsgefühl insistierenden sittlichen Einzelpersönlichkeit den privilegierten Schichten gegenüber, die sich zur Wahrung ihrer Vorteile auf den äußeren Rechtschein berufen, signalisiert den Fortbestand repressiver Lebensbedingungen, die nun aber nach der Steigerung des individuellen Selbstbewußtseins im Gefolge der Französischen Revolution nur um so greller hervortreten.

Der Weg einer kritischen Integration ist nicht länger beschreitbar, da die Gesellschaft, von offenbar korrupten Kräften beherrscht, den im Recht befindlichen einzelnen elementar bedroht und zur Verräterin an der ihr aufgetragenen Schutzfunktion wird. Nicht nur der einleitende Mord, sondern auch der Zusammenbruch einer verständnisschaffenden offenen Kommunikation im Rahmen fortgesetzter Verstellungen läßt eine soziale Eingliederung problematisch, wenn nicht gar unmöglich erscheinen. In diesem Sinne sieht sich das kaiserliche Gericht außerstande, zu einem klärenden Urteil zu kommen, so daß das nur irrational begründbare Duell zwischen den Parteien an die Stelle rationaler Rechtssprechung treten muß, ebenso wird der zu Unrecht beschuldigten Littegarde jegliche Möglichkeit zu einer klarstellenden Rechtfertigung verweigert, indem sie von ihren Brüdern mit gezogenem Schwert vertrieben wird. Das Schwert, die brutale Gewalt, muß also auch hier das allein Klarheit schaffende Wort ersetzen. Macht- und Besitzdenken bedingen den Triumph des positiven Rechtsscheins über das subjektive Recht, so daß letzten Endes ein von der Gewalt beherrschtes Zerrbild der menschlichen Beziehungen an die Stelle eines vom inneren Rechtsgefühl getragenen sozialen Kontakts tritt. Von der Außenwelt sanktionierte Verstellungen, Verzerrungen und Rechtsbrüche, gegen die der einzelne lange Zeit ohnmächtig anrennt, bestimmen das Bild eines depravierten Gesellschaftszustandes.

Unüberhörbar ist die Kritik an der Zeit, die jedoch eigentümlich folgenlos erscheint, da der positive Rechtsschein immer wieder die Oberhand behält und zur Leitlinie des Urteils gemacht wird. In diesem Licht vollzieht sich der Zweikampf auf einer realen und einer symbolischen Ebene. Im Grafen und in Friedrich von Trota begegnen sich die Repräsentanten des Rechtsscheins und des subjektiven Rechtsgefühls. Sie stehen stellvertretend für den Widerstreit von materiell-egoistischer Orientierung und nur ideell-uneigennützig erfahrbarer Sittlichkeit. Die im ganzen hilflose Vorstellung, die Friedrich während des Zweikampfs gibt, ist symptomatisch für die mangelnde Durchsetzungskraft des wahren Rechts in dieser Welt, die damit einer umfassenden moralischen Entwertung unterworfen wird.

Aber auf dem Höhepunkt der krisenhaften Tragik schlägt das Geschehen um ins Positive. Der tödlich verwundete Friedrich gesundet, während der nur unerheblich verletzte Graf einem qualvollen

Tod entgegengeht und angesichts seines sicheren Endes noch zu einem Geständnis bereit ist. Der übersinnliche Vorgang, wie er zum Schluß in das novellistische Geschehen einbricht, bringt eine Lösung der bis zum Zerreißen angespannten Konfliktsituation und führt zur Wiedereinsetzung des Rechts; gleichzeitig aber verweist der auf der Intervention des Wunderbaren basierende Ausgang die Lösung in den Bereich des Unwirklichen, des bloß fiktiv Hergestellten, und nähert sich damit der sittlich utopischen Märchenwelt.

Die Wiederherstellung des Rechtszustandes ist im Rahmen realgesellschaftlicher Bedingungen auf Grund der Korruption der Machtträger nicht mehr möglich. Nur noch die göttlich-wunderbare Einmischung kann dem Triumph des Rechtsbrechers Einhalt gebieten, aber auch das nur partiell auf den Grafen bezogen, denn die Herzogin geht straffrei aus, obwohl auch sie sich zumindest einer Rechtsbeugung schuldig gemacht hat. Kleist nutzt die novellistische Technik des Wendepunkts, indem er auf die Notwendigkeit des Siegs der Gerechtigkeit verweist, die an das untrügliche Rechtsempfinden des einzelnen gebunden ist. Der eindeutig fiktive glückliche Ausgang antizipiert die bessere Weltordnung, in der in märchenhafter Erfüllung am Ende das Gute den Sieg über das Böse davonträgt, indem die Tugend belohnt und das Laster bestraft wird. Vom Ende her wird die unmoralische Welt verneint, wo Macht- und Besitzdenken Triumphe feiern und den Zusammenbruch echter menschlicher Beziehungen bedingen.

Der durch das Wunderbare herbeigeführte Sieg der Gerechtigkeit rückt die Novelle in der Tat in die Nähe des Märchens ebenso wie die Erfahrung einer feindlichen ungerechten Gegenwelt, aber nicht die naive Moral des Märchens tritt hier in Erscheinung, sondern der innere Sinn, wie ihn die Romantik sah, durch den die Seele teilnimmt am Absoluten und Offenbarungen des göttlichen Geistes empfängt. Gerade auf Grund des romantischen Glaubens an die Identität von Sein und Bewußtsein kann das subjektive Rechtsgefühl niemals trügen. Figuren wie Jakob der Rotbart sind dagegen vornehmlich durch die Diskrepanz von Sein und Bewußtsein gekennzeichnet. Was sich nach außen bei ihm darstellt und als das eigentliche Sein erscheinen muß, steht in schärfstem Widerspruch zu seinem Schuldbewußtsein, auf das der Leser bereits zu Anfang hingewiesen wird, und das sich am Ende nicht länger zum Schweigen verurteilen läßt. Bei Friedrich und Littegarde ist dagegen ein idealer Identitätsgrad erreicht, der sie in dieser Welt nahezu unwirklich erscheinen lassen muß. In diesem

Sinne antizipiert das Ende den Sieg des Bewußtseins über das falsche Sein und stellt auf fiktiver Ebene die gefährdete Identität wieder her. Der Novellenausgang gestaltet den dialektischen Umschlag ins Ideal, das aber nur auf dem Weg der wunderbaren Fügung realisierbar ist.

Der Negation der korrupten Welt steht am Schluß die Antizipation idealer Möglichkeiten einer zukünftigen Gesellschaft gegenüber. Darin liegt der zuständewandelnde Impuls der Kleistschen Novelle. Die feudal-absolutistisch legitimierten Machenschaften zerbrechen vor dem untrüglich subjektiven Rechtsgefühl des einzelnen, das in seiner absoluten Krise die Intervention des Wunderbaren gleichsam herausfordert. Im subjektiven Idealismus, gestützt von der Entbindung individueller Aktivitäten unter dem Einfluß der Französischen Revolution, sucht Kleist die Lösung eines unerträglich gewordenen gesellschaftlichen Zustands. Insofern ist die Novelle ein aufschlußreiches Dokument für die Forderung nach sittlich begründeter Selbstbestimmung inmitten absolutistischer Verfügungszwänge. Unmittelbar vor der Restaurationsphase artikuliert sich hier noch einmal die Hoffnung auf die Emanzipation von landesherrlicher Willkür, indem beim einzelnen die Chance zu einer humaneren Gesellschaft gesucht wird.

Aber auch diese Hoffnung erscheint eigentümlich gebrochen. Durch die Verlagerung ins märchenhaft Unwirkliche nimmt die Lösung den Charakter einer abstrakten Utopie an. Der glückliche Ausgang entwickelt sich keineswegs aus den gesellschaftlichen Bedingungen einer bestimmten Gegenwart, sondern verweist in eine vage, zeitlich-räumlich nicht fixierbare Zukunft. In der Dialektik des Märchens gestaltet sich ein utopischer Appell, der letzten Endes aus irrationalem Wunschdenken erwächst.

Kleists Novelle *Der Zweikampf* signalisiert den Vertrauensschwund einer Gesellschaft gegenüber, in der das Macht- und Besitzdenken der feudalen Herrschaftsträger das Recht auf Leben und die Ansprüche der sittlichen Einzelpersönlichkeit ständig in Frage stellen und gefährden. Mord und fortgesetzte Rechtsbrüche indizieren in greller Steigerung die gesellschaftliche Konfliktträchtigkeit und veranschaulichen den Grad um sich greifender Korruption. Angesichts solcher Bedingungen wird die Kriminalnovelle zur adäquaten Ausdrucksträgerin des empfindlich gestörten Gleichgewichts zwischen der von privilegierten Schichten beherrschten Gesellschaft und den Ansprüchen des ohnmächtigen einzelnen.

Die dargestellte Unwirksamkeit der von Eigeninitiativen getragenen verändernden Aktionen, besonders anschaulich in dem Duell zwischen dem Grafen und Friedrich, legt jedoch eine kritische Wertung der Novelle nahe. Wo der Glaube an die verändernde Kraft des Menschen einer quietistisch gefärbten Resignation weicht, bleibt in der Tat lediglich die Flucht in die abstrakte Utopie, die die Ohnmacht des einzelnen nur noch um so stärker hervorhebt. Im vagen Vertrauen auf die Intervention wunderbarer Fügungen spiegelt sich die Surrogatfunktion von Literatur, die ihr Ziel einer konkreten Veränderung veränderungsbedürftiger Zustände nicht mehr für erreichbar hält. Kleists Freitod im Entstehungsjahr der Novelle scheint die tragische Ausweglosigkeit seines Denkens und seiner Erfahrungen nachhaltig zu unterstreichen.

Der moderne Leser wird die Novelle jedoch trotz allem nicht ohne Gewinn aus der Hand legen. Über die Erfahrung einer exponierten historischen Phase in der Entwicklung des Verhältnisses von Ich und Gesellschaft hinaus kann er zur Einsicht in die Problematik bloßer Verinnerlichung von Konfliktsituationen und in die Folgenlosigkeit abstrakter Utopien geführt werden, die weniger eine Lösung als ein Eingeständnis der Ohnmacht unter dem Druck scheinbar allgewaltiger gesellschaftlicher Umstände sind. Die Novelle kann auf diesem Wege einen gegenläufigen Reflexionsprozeß einleiten, dessen Ziel es sein wird, aus den konkreten gesellschaftlichen Bedingungen heraus eine bessere Wirklichkeit zu antizipieren. In der Perspektive des aktuellen Bewußtseins erscheinen die feudale Geschichtsphase des 14. Jahrhunderts und die vorrestaurative Periode im wesentlichen verbunden durch die Kontinuität absolutistischer Machtansprüche. Aus solcher historisierenden Betrachtung erwächst die Notwendigkeit, repressive Zustände im Laufe des Geschichtsprozesses zu negieren, um den Weg zu ebnen zu einer humaneren gesellschaftlichen Praxis.

IV. Clemens Brentano: Geschichte vom braven Kasperl und dem schönen Annerl

Brentanos Novelle aus dem Jahre 1817 hat bereits die Aufmerksamkeit einer Reihe von Interpreten auf sich gezogen. Besonderes Interesse ist dabei der Quellenfrage gewidmet worden, die allerdings nicht mit Sicherheit zu lösen sein dürfte. Ob nun die Novelle auf zwei mündlich wiedergegebene Geschichten der Pastorin Hensel zurückgeht oder auf zwei Volkslieder, von denen das eine mit dem Titel „Weltlich Recht" auch im Wunderhorn zu finden ist, erscheint letzten Endes auch nur von peripherer Bedeutung zu sein. Wichtig für die Deutung ist der nicht bestrittene Umstand, daß, ungeachtet für welche Lösung der Quellenfrage man sich entscheidet, es sich in der Geschichte um die literarische Gestaltung annähernd authentischer Ereignisse handelt. Damit kann der realgesellschaftliche Bezug, der für die Kriminalnovelle bisher als konstitutiv herausgestellt wurde, von vornherein als gegeben angesehen werden.

Entscheidend für das rechte Verständnis der Geschichte ist die Wahl der alten Frau als Erzählerin, an die Brentano nach kurzer Einleitung, in der er sich selbst dem Leser vorstellt, die Erzählfunktion abtritt. Sie wird als „alte Bäuerin" eingeführt, die vor siebzig Jahren als Magd in dem Hause gedient hat, vor dem sie sich nun zur Nachtzeit von ihrem beschwerlichen Gang in die Stadt ausruht. Damit treten sich gegenseitig bedingende soziale, altersmäßige und biographische Aspekte ins Blickfeld. Unter dem sozialen Aspekt gehört die Frau zu den unterprivilegierten Schichten, deren spezifische Sichtweise sich in ihren Selbstäußerungen deutlich abbildet. Auf die Bemerkung, daß sich die Welt seit ihrer Jugend verändert habe, antwortet sie bezeichnend: „Daß ich nicht wüßte ... ich habs mein Lebetag ganz einerlei gefunden; Er ist noch zu jung, da verwundert man sich über alles; nur ist alles schon so oft wieder vorgekommen, daß ich nur noch mit Freuden ansehe, weil es Gott so treulich damit meint." Der weltliche Ereignisgang stellt sich ihr als ein unwandelbaren Gesetzen folgender Kreislauf dar. Nicht zufällig kehrt sie daher im Alter an die Stelle zurück, wo sie in ihrer Jugend tätig gewesen ist. Ihr hohes

Alter, ihre über achtzigjährige Lebenserfahrung scheint dabei ihren Glauben an die Unveränderlichkeit der Welt überzeugend zu stützen.

Was sich jedoch im eigentlichen in solcher Sichtweise spiegelt, ist die totale Einflußlosigkeit und das Abgetrenntsein der unteren Schichten von politisch-gesellschaftlichen Entscheidungen. In der Froschperspektive muß das Weltgeschehen in der Tat ständig unverändert erscheinen, da die Impulse zur Veränderung ausschließlich von oben, d. h. bezogen auf die konkrete historische Situation der Territorialstaaten, vom absolutistischen Machtzentrum ausgehen. Solange die Hierarchie von oben und unten besteht, kann es für die unterprivilegierten Schichten keine Transparenz der realen gesellschaftlichen Vorgänge geben. Von den Augen des Untertanen spielt sich ein immer gleichbleibendes Geschehen ab, dessen reale machtpolitische Bedingungen, gerade weil er sie nicht erkennen kann, ihm als göttlich gestiftete Gesetzmäßigkeiten erscheinen müssen. An die Stelle rationaler Erkenntnis tritt damit eine von der gesellschaftlichen Machtverteilung bedingte mystifizierende Schicksalsgläubigkeit. Die kriegerischen Willkürakte des Landesherrn, die die alte Bäuerin bereits drei Söhne gekostet hat, werden als göttliche Fügung widerspruchslos akzeptiert. Das hohe Alter der Erzählerin ist daher weniger eine Rechtfertigung solcher Weltsicht, sondern vielmehr ein Beleg für die Dauerhaftigkeit repressiver gesellschaftlicher Verhältnisse.

Durch die Übertragung der Erzählfunktion auf die alte Frau wird das Geschehen um Kasper und Anna konsequent in die Perspektive des schicksalsgläubigen Untertanen gerückt, und auf diesem Wege die subjektive Seite novellistischen Erzählens realisiert. Ereigniswertung und ihre symbolische Konkretisierung unterstehen damit den Bedingungen einer betont restriktiven Sichtweise.

Die Geschichte von Kasper und Anna stellt sich vom Erzählstandpunkt als Rückblende dar und unterliegt von daher der subjektiven Wertung der Erzählerin. Kasper, der Enkel der Alten, hat sein Leben ganz auf die verpflichtende Norm der Ehre abgestellt, die aber nun nicht an dem persönlichen Wert des Menschen selbst haftet, sondern an seiner Stellung innerhalb der Gesellschaft. Eine solche Veräußerlichung des Ehrbegriffs sieht sich notwendig verwiesen auf die allein von außen festgesetzten determinierenden Kategorien der Abstammung und des Rangs und zeigt beispielhaft den Verlust individueller Wertsetzungen in einer Untertanengesellschaft. Nur durch die soldatische Integration in den Fürstendienst kann der niedrig geborene Kasper zu gesellschaftlichem Ansehen gelangen, dessen er zur Selbstachtung und Selbstwerdung unbedingt bedarf. Insofern ist Kasper sehr auf den militärischen Rang bedacht und erhofft sich im stillen den Aufstieg in die Offizierslaufbahn. Wie brüchig jedoch eine solche Außenorientierung im Hinblick auf den einzelnen ist, zeigt die von Kasper berichtete Episode des französischen Unteroffiziers, der nach der neuerlichen Einführung der Prügelstrafe den Befehl erhält, einem Gemeinen wegen eines nicht näher bezeichneten Vergehens zwölf Hiebe zu geben. Nach dem Vollzug der Strafe erschießt sich nun überraschenderweise nicht etwa der Bestrafte, sondern der mit der Durchführung der Strafe Beauftragte. Wie wichtig diese Episode für Kaspers eigene Orientierung ist, zeigt der Umstand, daß man sie nach seinem Selbstmord in einer Aufzeichnung in seinen hinterlassenen Papieren findet.

Der Fürstendienst als Soldat ist für den einfachen Mann offensichtlich die einzige Möglichkeit, zu Ansehen zu gelangen. Gleichzeitig unterwirft sich aber der Soldat mit der Integration in den Militärdienst bedingungslos der landesherrlichen Befehls- und Verfügungsgewalt, die in diesem Fall die radikale Mißachtung des individuellen Anspruchs auf gesellschaftliches Ansehen zur Folge hat. Der Fürstendienst im Soldatenrock führt also keineswegs zur Steigerung der Selbstachtung, sondern in ihre tiefste Krise. An der Erkenntnis dieses tragischen Antagonismus zerbricht der zum Instrument einer inhumanen Praxis degradierte Unteroffizier.

Bezeichnenderweise spielt die Geschichte in Frankreich, wo die Revolution auf die Ansprüche des einzelnen nachdrücklich hingewiesen hatte, so daß selbst die restaurativen Tendenzen sich dort einem dauerhaften Widerstand ausgesetzt sahen. In diesem Sinne, so heißt es, wurde nach dem geschilderten Vorfall die Prügelstrafe unverzüglich wieder abgeschafft. In Preußen dagegen bestand diese Art der Bestrafung noch bis in das Jahr 1848 fort. Die Franzosen, von denen der in Frankreich stationierte Kasper sagt, daß sie „viel Ehre im Leibe" haben, sind für ihn allem Anschein nach ein emanzipatorisches Leitbild.

Die letztliche Unvereinbarkeit von innerer und äußerer Ehre muß Kasper in der Folgezeit selbst erfahren. Insofern hat die französische Episode leitmotivischen Charakter. Ausgelöst wird der Konflikt durch den räuberischen Überfall durch Kaspers eigenen Vater und seinen Stiefbruder auf eine Mühle, während Kasper dort auf dem Heimweg Station macht. Als Kasper später die wahre Identität der Täter entdeckt, bleibt ihm unter Berufung auf die Loyalität, die er als Soldat seinem Landesherrn im besonderen Maße schuldig ist, nichts anderes übrig als seine eigenen Verwandten den Gerichten zu übergeben.

Damit bricht der von Kasper eingeschlagene Weg, der über den Fürstendienst zur Steigerung der Selbstachtung führen sollte, abrupt ab, denn das Bewußtsein, der Sohn eines Kriminellen zu sein, ist nicht mit den Ansprüchen der äußeren Ehre vereinbar, die ja wiederum die unabdingliche Voraussetzung für die Etablierung der inneren Ehre darstellt. In symbolischer Doppeldeutigkeit schreibt Kasper in seinem Abschiedsbrief: „Auch ich kann meine Schande nicht überleben. Mein Vater und mein Bruder sind Diebe, sie haben mich selbst bestohlen; ...“ Sie haben ihn nicht nur selbst um sein Felleisen bestohlen, sondern in existentieller Steigerung um sein Selbst, um die Möglichkeit, er selbst zu werden.

Der Kriminalfall zerstört zufällig und mit einem Schlag die ständig gefährdete, allein dem äußeren Ehrbegriff verpflichtete Orientierung und nimmt dem einzelnen jede Möglichkeit zur Selbstverwirklichung. Kaspers Selbstmord erfolgt in diesem Licht mit tragischer Folgerichtigkeit. Das Fundament der äußeren Ehre, auf dem ein Leben in Selbstachtung errichtet werden sollte, erweist sich als wenig tragfähig. Zu übermächtig sind die gesellschaftlichen Normen, an die sich der einzelne im Bewußtsein seiner subjektiven Ohnmacht in einer hierarchisch strukturierten Restaurationsgesellschaft gebunden hat. Der Weg, der zur Realisierung des Individuums führen sollte, führt unter den herrschenden repressiven Verhältnissen unweigerlich zu seiner Zerstörung und endet damit in tragischer Ironie.

Tragische Ironie überschattet auch den Lebensweg Annas. Wie ihr Bräutigam erhofft sie sich durch den Dienst bei den führenden Schichten eine Steigerung ihres Ansehens und damit rückwirkend ebenfalls eine Stärkung ihres Selbstbewußtseins. So entschließt sie sich, in die Hauptstadt zu gehen, „weil sie da eher etwas lernen könne und mehr Ehre dabei sei“. Kasper heißt im nachhinein diesen Entschluß gut, denn er hofft „sie doch in der Hauptstadt bald recht fein und schmuck zu finden, daß es ihm, als einem Unteroffizier, auch eine rechte Ehre sei mit ihr am Sonntag spazieren zu gehen“. Der äußere Ehranspruch verbindet die Lebenswege Annas und Kaspers und bildet das eigentliche Bindeglied zwischen den beiden Geschichten. Das Beharren auf der äußeren Ehre führt dann auch parallel zu Kaspers Schicksal in die tragische Verstrickung. In der Stadt verfällt sie den Verführungskünsten des Grafen Grossinger, der sie sich durch die Lüge, Kasper sei in Frankreich gefallen, und durch ein Eheversprechen seinen Absichten gefügig macht. Als aber das Eheversprechen selbst nach der Geburt eines Kindes nicht eingelöst wird, sieht Anna keinen anderen Ausweg, die äußere Schande zu verdecken als das Neugeborene zu töten.

Tragische Ironie also auch hier, denn was sie zu höchstem gesellschaftlichen Ansehen führen sollte, bedingt ihre physische Vernichtung. Sie endet unter dem Richterschwert. Im Unterschied zu Kasper aber, und darin liegt eine Steigerung, begeht sie das Verbrechen selbst, während Kasper das zufällige Opfer der verbrecherischen Aktionen anderer wird. In beiden Fällen erweist sich jedoch die Brüchigkeit einer Orientierung, die auf die Verwirklichung der äußeren Ehre nicht verzichten zu können glaubt. Die absolutistisch gesteuerte Gesellschaft führt im Bewußtsein des Untertanen zu einem Verlust individueller Wertsetzungen und treibt den einzelnen über die schmerzliche Erfahrung fortgesetzter Frustrationen in eine von vornherein gefährdete Außenorientierung hinein, an der er letztlich zerbricht. Der kriminelle Akt, passiv erlitten oder in absoluter Steigerung aktiv begangen, signalisiert dabei den äußersten Tiefpunkt in der Auseinandersetzung des Individuums mit seiner sozialen Umgebung.

Über Annas Leidensweg hinaus verweist gerade ihre Geschichte auf die Korruption des Adels. Der Verführer Graf Grossinger nutzt bedenkenlos die abhängige Stellung des Dienstmädchens aus, indem er es unter Vorspiegelung ernster Absichten zu einem flüchtigen erotischen Abenteuer mißbraucht. Erst unter äußerstem Druck gesteht er und entzieht sich jeder weiteren Verantwortung durch den selbst gewählten Tod. Im Grunde steht selbst der Herzog als Landesherr auf keinem wesentlich höheren moralischen Niveau. Insgeheim unterhält er eine Liaison mit der Schwester Grossingers, eine Beziehung, die indirekt fast zur Verschleierung der eigentlichen Handlungsmotive Annas geführt hätte. Der Freitod Grossingers und der Umstand, daß der Herzog unter moralischem Druck am Ende seine Geliebte heiratet, zeigen zwar eine gewisse Einsicht in die moralische Verwerflichkeit ihres Verhaltens, können jedoch letztlich die Depraviertheit der führenden Schichten nur notdürftig verbergen. Noch wirkungsloser ist es, daß der erklärte Wunsch der alten Frau in Erfüllung geht, indem Anna und Kasper ein christliches Begräbnis erhalten und ihnen überdies ein Denkmal gesetzt wird. Die physische Zerstörung der beiden „unglücklichen Ehrenopfer", wie sie zum Schluß genannt werden, unter dem Druck einer inhumanen, den Wert des einzelnen mißachtenden Gesellschaft ist nicht wieder rückgängig zu machen.

Ebenso unverbrüchlich wie diese Tatsache ist der Fortbestand des obrigkeitsstaatlichen Prinzips. Bloße Reue und oberflächliche Wiedergutmachungsaktionen, etwa indem Kasper als Fähnrich bestattet wird, sind nur ein ungenügender Ersatz für die notwendige Änderung eines Systems, das die Hierarchie von Obrigkeit und Untertanen für unverzichtbar hält und damit Vorschub leistet für den Schicksalsschlägen Annas und Kaspers vergleichbare Leidenswege.

In der Sicht der Erzählerin ist das Schicksal ihres Enkels und ihrer Patentochter gottgegeben. Angesichts der offensichtlichen durch die gesellschaftlichen Bedingungen heraufbeschworenen Katastrophe ist sie erstaunlicherweise immer noch bereit, Gottes Ordnung zu preisen: „Aber es hilft nichts, es ist doch alles viel, viel besser auf Erden, als wir Menschen es verdienen, ... wie doch Gott alles so herrlich und wunderbar geschaffen hat! Aber der Mensch erkennt es nicht, ... Worin das göttliche Wirken bestehen soll, wenn zwei junge Menschen den Härten einer gesellschaftlichen Privilegienstruktur zum Opfer fallen, bleibt allerdings jeglicher Erkenntnis verschlossen. Die Verabschiedung der kognitiven Dimension menschlichen Handelns unterstreicht nachdrücklich die Ohnmacht des in ein starres Kastensystem eingespannten Untertanen. Ihm bleibt lediglich die Hoffnung auf eine Kompensation der fortgesetzten irdischen Versagungen in einem naivromantisch ausgemalten Jenseits:

Wann der jüngste Tag wird werden,
Dann fallen die Sternelein auf die Erden.
Ihr Toten, ihr Toten sollt auferstehn
Ihr sollt vor das Jüngste Gericht gehn;
Ihr sollt treten auf die Spitzen,
Da die lieben Engelein sitzen.

Leitmotivisch zieht sich dieses Lied vom Jüngsten Gericht durch die Novelle. Das real erfahrene Leid kann in der Welt weder ungeschehen gemacht werden noch erscheint es möglich, seine Bedingungen zu beseitigen, nach denen bezeichnenderweise auch erst gar nicht gefragt wird. Erst im Jenseits ist die Trennung zwischen Privilegierten und Unterprivilegierten aufgehoben, so daß nun jeder Zugang hat zu den „Spitzen", wie es in dem Lied heißt.

Die Kapitulation des Untertanen vor den geltenden Bedingungen ist vollkommen. Nur noch das vage Vertrauen auf eine kompensierende himmlische Existenz macht die irdischen Frustrationen erträglich, ja rechtfertigt sie sogar, denn nur ein Leben in Mühsal und Unterdrückung hat Anspruch auf Entschädigung im Jenseits. Geistliches Biedermeier offenbart sich in der Perspektive der Erzählerin. An die Stelle verändernden menschlichen Handelns ist ein religiös fundierter Eskapismus getreten. Insofern ist die alte Frau nicht etwa aufgebrochen, um Klage über den Verlust ihrer Söhne und ihres Enkels beim Landesherrn zu führen oder gar ein gerechteres Urteil für Anna unter Einbeziehung der sozialen Bedingungen zu erwirken. In völliger Anerkennung des Weltlaufs will sie lediglich für Kasper und Anna ein ehrliches Grab erbitten, das nach ihrer Vorstellung unbedingte Voraussetzung für die erhoffte Kompensation im Jenseits ist.

Das Lied vom Jüngsten Gericht steht in einer Reihe mit ähnlichen symbolischen Verweisen, die auf die jenseitige Heilsgewißheit und zugleich auf die Schicksalsgläubigkeit hindeuten. In diesen Zusammenhang gehört die Rose, die die alte Frau als junges Mädchen von ihrem zukünftigen Mann erhalten hat. „Am andern Morgen hatte ich die Rose vorgesteckt in der Kirche", erinnert sich die Erzählerin, „und da fand er mich, und es ward bald richtig. Drum hat es mich gar sehr gefreut, daß mir heut wieder eine Rose ward. Es ist ein Zeichen, daß ich zu ihm kommen soll, ..." Die Rose steht in vertrauter Emblematik für die Liebe und in der Bedeutungsfixierung wie in der Wiederholung des Rosengeschenks spiegelt sich zugleich der Glaube an die Unveränderlichkeit des Weltgeschehens. Neu an der Verwendung des Rosenemblems ist die angedeutete Transzendierung, wodurch der eigentliche Gegenstand sich vollends in Bedeutsamkeit aufzulösen beginnt.

Von vergleichbarer Verweisintensität ist das Kranzsymbol, das ebenfalls emblematisch fixiert wird. Es steht als Zeichen für die über das Grab hinausreichende Ewigkeit der Liebe und zugleich für den Kreislauf allen Geschehens. Wie die Rose umschließt es auf symbolischer Ebene Immanentes und Transzendentes. So führt Kasper zwei Kränze mit sich, als er aus Frankreich heimkehrt. Einen für Anna, ein Hinweis also auf die irdische Unverbrüchlichkeit seiner Liebe zu seiner Braut und einen für seine verstorbene Mutter als Zeichen für die über das Grab hinausreichende Kindesliebe. In letzter symbolischer Steigerung bildet sich im Kranzemblem der Glaube an die Rückkehr des Menschen zur Liebe Gottes ab, wodurch sich der Schöpfungskreis schließt.

Neben Rose und Kranz tritt im Schlußteil der Novelle der Schleier, der emblematisch auf die Bedeutung Gnade festgelegt ist. Mit einem Rosenschleier bedeckt der Herzog die enthauptete Anna. Liebe ist also die Voraussetzung der Gnade, ähnlich wie das Gottvertrauen des

Untertanen die Voraussetzung für seine ersehnte Erlösung durch den göttlichen Gnadenakt darstellt. Neben dieser intendierten Bedeutung schwingt jedoch auch noch der Nebensinn der Verschleierung mit. Das Opfer einer inhumanen, von privilegierten Schichten beherrschten Gesellschaft wird schamhaft zugedeckt und damit dem weiteren kritischen Urteil entrückt. An die Stelle wirksamer Veränderung tritt eine verschleiernde Ideologisierung.

Die leitmotivisch verwendeten Requisiten werden auf dem Wege der Emblematisierung in einen unveränderlichen Bedeutungszusammenhang hineingestellt. Zunehmend verschwindet ihre einmalige, unverwechselbare Gegenständlichkeit hinter dem dominanten Symbolgeflecht. In diesem Vorgang spiegelt sich anschaulich die Resignation und der ohnmächtige Verzicht des Untertanen auf eine aktive Mitgestaltung seiner konkreten Umwelt. Die Gegenständlichkeit der Welt wird auf Grund seiner Einflußlosigkeit unwichtig und löst sich in seinem Bewußtsein auf zu transzendenten Chiffren, in denen sich sein kompensatorisches Wunschdenken abbildet.

Der Herzog, der den Schleier über die wunden Stellen einer Gesellschaft breitet, die offensichtlich solcher Mystifikationen bedarf, erweist sich als Produzent wirksamer das bestehende System stabilisierender Ideologien. Überdeutlich wird solche Tendenz in der Errichtung des Grabmals, das die wahre und die falsche Ehre sowie die Gerechtigkeit und die Gnade personifiziert darstellt. Nach der allegorischen Aussage ist die wahre Ehre begründet in dem Vertrauen auf Gott, aber selbst die Auswirkungen der falschen Ehre werden durch die Gnade wieder zum Guten gewendet. Damit wird die Ehre, verstanden als die Realisierung individueller Ansprüche im Spiegel gesellschaftlichen Ansehens abgewertet. Der Mensch sieht sich auf das Jenseits und den göttlichen Gnadenakt verwiesen, wodurch seine irdischen Aktivitäten einer wirksamen ideologischen Kontrolle unterworfen sind. Die intendierte Ablenkung des Untertanen von den konkreten Aufgaben innerhalb seines sozialen Umfelds findet ihre adäquate Entsprechung in der allegorischen Dominanz der Bedeutung über die ohnehin künstlich geschaffene Gegenständlichkeit.

Neben die auf ein kompensierendes Jenseits gerichteten Bedeutungsträger treten im Laufe der Novelle mehrere schicksalsträchtige Verweise. Als die noch kindliche Anna vor den Schrank des Richters tritt, beginnt sich das Richtschwert eigentätig zu bewegen und als kurz danach der Jäger Jürge enthauptet wird, verbeißen sich die Zähne des abgeschlagenen Kopfes in Annas Rock. Im nachhinein kommentiert die Erzählerin den Lebensweg Annas: „Es hat sie mit den Zähnen dazu gerissen.“ Die Hinrichtung ihrer Patentochter ist also schon lange vor dem Kindsmord eine beschlossene Sache, die durch keine menschliche Intervention verhindert werden kann. Durch den Rückgriff auf Praktiken der romantischen Schauerdramatik soll glaubhaft gemacht werden, daß das menschliche Leben unwandelbaren schicksalhaften Gesetzen unterworfen sei. Damit ist der aktiven Lebensgestaltung und der Mobilisierung verändernder Energien das Urteil gesprochen, denn alle menschlichen Anstrengungen erscheinen letzten Endes angesichts des unabänderlichen Schicksals entwertet.

Ein solcher Fatalismus muß die Erkenntnis verhindern, daß politisch-gesellschaftliche Faktizität stets die Manifestation bestimmter Interessen darstellt. Schicksalsgläubigkeit indiziert lediglich die Dominanz von Partikularinteressen, d. h. bezogen auf den historischen Hintergrund der Novelle, daß die Herrschaftsansprüche einer absolutistisch legitimierten Obrigkeit die Ansprüche der breiten Masse der Untertanen konsequent unterdrücken. Insofern wird die sozial bedingte Erzählperspektive durch die Beobachtungen zur Symbolgestaltung voll bestätigt. Was sich hier niederschlägt, ist die Interpretation des Weltlaufs aus dem Blickwinkel des Untertanen. Erst die Erkenntnis solcher subjektiven Wertung kann die Verflechtung des novellistischen Geschehens mit dem geschichtlichen Hintergrund transparent machen und fruchtbare auf die Gegenwart bezogene didaktische Überlegungen entbinden.

Es darf jedoch nicht übersehen werden, daß der subjektive Pol innerhalb der bilateralen Novellenstruktur sich nicht nur in der Perspektive der Erzählerin konstituiert, sondern gleichermaßen verdoppelt wird durch die ständige Präsenz des Autors, dessen Dominanz am Anfang und am Ende rahmenbildend wirkt und der auch während der Erzählung durch mehrere Einmischungen hervortritt. Von daher stellt sich die Frage nach seinem Verhältnis zu der eigentlichen Erzählerin, an die er relativ früh die Erzählfunktion abtritt. Zunächst fällt sein Selbstverständnis als Schriftsteller auf. Als ihn die alte Frau nach seinem Beruf fragt, gerät er in arge Verlegenheit. „Es ist wunderbar, daß ein Deutscher immer sich ein wenig schämt, zu sagen, er sei ein Schriftsteller; zu Leuten aus den untern Ständen sagt man es am ungernsten, weil diesen gar leicht die Schriftgelehrten und Pharisäer aus der Bibel dabei einfallen.“ Bezeichnenderweise wird der Schriftsteller von vornherein in seinem gespannten Verhältnis zu den unteren Schichten dargestellt. Der Vergleich mit dem biblischen

Pharisäer dürfte vor allem auf die Selbstgerechtigkeit und Lebensfremdheit der Literaten abzielen, die offenbar keinen Bezug zu den Nöten der breiten Schichten haben. Hier scheint auch der Grund dafür zu liegen, daß der Autor sich vor der alten Frau als Schreiber ausgibt, was in ihrem Bewußtsein vornehmlich praktische Erwägungen auslöst. So bittet sie ihn unmittelbar darauf, eine Petition an den Herzog für sie aufzusetzen.

Gerade in der Konfrontation mit den realen Bedürfnissen der unteren Schichten wird sich der Schriftsteller seiner gesellschaftlichen Funktionslosigkeit und seiner Praxisferne bewußt. Er scheint gleichsam isoliert zu sein von den konkreten Aufgaben seiner sozialen Umgebung. „Einer, der von der Poesie lebt," heißt es selbstkritisch, „hat das Gleichgewicht verloren." Das Bewußtsein der Isolation deutet nachdrücklich auf die Entmachtung des Schriftstellers durch die herrschenden politisch-gesellschaftlichen Verhältnisse hin. Sofern er sich wie die Pharisäer, die politische Macht und literarische Aktivität in Personalunion in sich vereinigten, nicht dazu verstehen kann, die Ideologien der Herrschenden zu verbreiten, erscheint sein Wirkungsraum in einer absolutistischen Gesellschaftsordnung empfindlich eingeschränkt, zumal die offene Parteinahme für die Untertanen selbst allzu offensichtliche Risiken enthält. In diesem Kontext verweist der Autor wie auch später Kasper auf die beneidenswerte Position der Franzosen: „... wie denn ein Franzose selbst viel mehr von einem gemachten Manne hat." Hinter einem solchen Vergleich verbirgt sich zweifellos der Hinweis auf das demokratische Bewußtsein im nachrevolutionären Frankreich, wo dem Schriftsteller durchaus kritische Funktionen zugestanden wurden. Angesichts deutscher Verhältnisse nach dem Wiener Kongreß mußte ein Vergleich dieser Art entlarvend wirken. Die Unterdrückung kritischer Stimmen führte hier zusehends zu einer Infragestellung der Literatur überhaupt und mußte den Schriftsteller in eine funktionslose Isolation hineintreiben.

Dieser Umstand macht es verständlich, wenn sich der Autor verschämt weigert, sich zu seinem Literatentum zu bekennen und sich dazu bereit erklärt, die praktische Aufgabe der Abfassung einer Bittschrift zu übernehmen. Gleichzeitig wird es dadurch erst möglich, die Erzählfunktion an die alte Frau abzutreten, um die notwendigen Informationen zu erhalten, so daß nicht mehr die praxisferne Sicht des Literaten, sondern die Sicht der Angehörigen der Unterschicht dominiert. Zwischen den Standpunkten der Erzählerin und des Autors ergibt sich jedoch von vornherein eine deutlich spürbare Diskrepanz.

Während die alte Frau lediglich darauf bedacht ist, ein ehrliches Grab für Kasper und Anna zu erwirken, strebt der Autor eine Revision des Todesurteils gegen Anna an, nachdem er die näheren Umstände erfahren hat. Nicht eine durch die transzendente Orientierung bedingte Ergebung in das scheinbar unabänderliche Schicksal zeichnet ihn aus, sondern der Wille, die Aufhebung des ungerechten Urteils unter Einsatz seiner ganzen Person herbeizuführen.

Dieser Widerspruch tritt deutlich zutage, als der Autor nach Überwindung erheblicher Schwierigkeiten sich Zugang zum Herzog verschafft hat: „Ich trug dem Herzoge alles, was mir die Alte von dem Selbstmord des Ulans, von der Geschichte der schönen Annerl erzählt hatte, ... und flehte ihn wenigstens um den Aufschub der Hinrichtung auf wenige Stunden und um ein ehrliches Grab für die beiden Unglücklichen an, wenn Gnade unmöglich sei. — ‚Ach, Gnade, Gnade!' rief ich aus ...“ Im Vordergrund steht also ungeachtet der Absichten der alten Frau, die hier nur in äußerster Einschränkung erwähnt werden, die Revision des Urteils durch einen Gnadenakt. Aus dem verschämten Schriftsteller ist ein engagierter Bittsteller für die Anliegen der Unterschicht geworden, der in Wahrnehmung sozialer Interessen endlich eine ernstzunehmende Aufgabe vor sich sieht. Die Verdoppelung der Erzählfunktion führt über die Dokumentation der Untertanenperspektive hinaus gleichzeitig zu Versuchen zu deren Überwindung durch das unbeirrbare soziale Engagement. Deutlich wird die literarische Wirksamkeit im gesellschaftlichen Bereich angesiedelt.

Der Ausgang der Novelle läßt jedoch das engagierte Bemühen des Autors wirkungslos erscheinen. Zwar erwirkt er beim Herzog den angestrebten Gnadenakt, aber als man die Richtstatt erreicht, ist das Todesurteil bereits vollstreckt. Damit hat sich das für Anna vorherbestimmte Schicksal erfüllt, so daß im nachhinein die Weltsicht der alten Frau bestätigt wird. Ein Nachklang des aufbegehrenden Willens wird noch einmal in der Reaktion der Umstehenden spürbar, nachdem sie erfahren haben, wer der eigentlich Schuldige ist. „Eine rächende Wut ergriff die Menge ...“ heißt es nach dem Geständnis Grossingers an der Leiche Annas, so daß fast eine Art revolutionärer Stimmung gegen den Adel aufkommt. Interessant ist hier vor allem die zur Schau gestellt Solidarität der Untertanen, von denen keiner einzeln herausgehoben wird. Durch die Gnadenakte des Herzogs gelingt es jedoch, die Menge zu besänftigen. Das solidarische revolutionäre Aufbegehren erweist sich auch hier als wirkungsloses Strohfeuer.

So kündigt sich am Schluß der Novelle unüberhörbar Brentanos Verzicht auf weltliches Dichtertum an, den er 1817, im Erscheinungsjahr der Novelle, im Rahmen seiner Generalbeichte ausspricht. Zu drückend sind die macht- und gesellschaftspolitischen Bedingungen, als daß er sich von der Literatur überhaupt noch eine verändernde Wirkung zu erhoffen vermag. Zieht man den Altersunterschied zwischen dem jungen Autor und der alten Frau heran, so erscheint das Aufbegehren des Jüngeren lediglich als jugendliche Himmelsstürmerei, die zwangsläufig in die abgeklärte Sicht der Alten einmünden wird. Der Rahmenbau der Novelle veranschaulicht die innere Entwicklung des Autors, dessen anfänglicher Glaube an die Veränderung der Gewißheit der schicksalhaften Übermacht am Ende weicht. Durch den von der Erzählerin beherrschten Binnenteil wird dieser Wandel zwingend vorbereitet. Aus der Erfahrung fortgesetzter Frustrationen fliehen die Erzählerin, der Autor und mit ihnen Brentano in die Vorstellung eines kompensierenden Jenseits.

In didaktischer Perspektive müßte nun aber gerade die Kapitulation vor der gesellschaftspolitischen Übermacht problematisiert werden, indem man das resignative Verhalten konsequent in Zusammenhang bringt mit den bedenklichen Folgen eines weltanschaulich fundierten Eskapismus, der die Gesetze einer inhumanen Welt für alle Zeiten festzuschreiben droht. Der Glaube an das übermächtige Schicksal im geschichtlichen Ablauf bedarf dringend der Konfrontation mit einem prozessualen, die menschliche Aktivität konstitutiv miteinbeziehenden Geschichtsverständnis. Dann allerdings kann auch die Novelle Brentanos als Gegenbild ihre didaktische Bedeutsamkeit im Spiegel aktuellen Bewußtseins entfalten.

V. E.T.A. Hoffmann: Das Fräulein von Scuderi

In das Jahr zwischen dem Wartburgfest im Oktober 1817 und den Karlsbader Beschlüssen vom September des Jahres 1819 fällt die Entstehung der Novelle. Hoffmann, bei der Abfassung bereits über zwei Jahre Kammergerichtsrat in Berlin und im Jahre darauf „Mit-Commissarius“ in der „Immediat-Commission“ zur Untersuchung demagogischer Umtriebe, war unmittelbarer Zeuge der preußischen Reaktion auf den vehementen Ausbruch liberaler Tendenzen unter der akademischen Jugend. Der Berliner Polizeimeister Fürst Wittgenstein sprach vom „revolutionären Chaos“ und forderte ein sofortiges Eingreifen, und der von Hoffmann im „Meister Floh“ als Knarrpanti verspottete Ministerialdirektor v. Kamptz, später ebenfalls Mitglied der Immediat-Commission, dessen „Codex der Gendarmerie“ man auf der Wartburg u. a. den Flammen übergeben hatte, beschwerte sich offiziell und sprach von Majestätsbeleidigung. Überhaupt wurde die ganze Bewegung von den Fürsten als Bedrohung empfunden, doch noch fehlte ein wirklich spektakulärer Anlaß, um massiv einzugreifen, der dann erst 1819 durch die Ermordung Kotzebues gegeben wurde. Immerhin stand der absolutistische Polizeiapparat in erhöhter Alarmbereitschaft, entschlossen, Angriffen auf die herrschenden Machtverhältnisse mit allen zur Verfügung stehenden Mitteln zu begegnen.

In dieser Zeit gärender liberaler Tendenzen auf der einen und der Mobilisierung polizeistaatlicher Kräfte auf der anderen Seite greift Hoffmann auf einen Stoff zurück, den er in Wagenseils Nürnberger Chronik aus dem Jahr 1697 gefunden hatte. Er verlegt jedoch das Geschehen in das Ursprungsland und Zentrum absolutistischer Macht, in das Frankreich Ludwig des XIV.

Dem dramatischen Auftakt der Geschichte schließt sich unmittelbar ein ausgedehnter Bericht über die steigende Kriminalität in Paris an, ein Einschub, der zunächst eigentümlich funktionslos wirkt und von dem Geschehen um die Scuderi und dem geheimnisvollen Unbekannten abzulenken scheint. Eine Kette von Giftmorden erschüttert die französische Hauptstadt und macht schärfste polizeiliche Maßnahmen notwendig. Obwohl nun an der Dringlichkeit der Aufklärung der abscheulichen Verbrechen durch die Polizei keinerlei Zweifel besteht, schwingt in dem eingeschobenen Bericht unüberhörbar Kritik an dem polizeilichen Vorgehen mit. So wird der Polizeipräsident la Regnie als ein Mann „von garstigem Ansehen und heimtückischem Wesen" geschildert, dem die Herzogin von Bouillon auf seine Frage, ob sie den Teufel gesehen habe, antwortet: „Mich dünkt, ich sehe ihn in diesem Augenblick." Am Aberglauben orientierte Vorurteile bedingen Suggestivfragen, die auf dem Grundsatz aufgebaut sind, daß sich ein Verbrechen schon finden lasse, wenn erstmal ein Beschuldigter zur Stelle sei. Nicht das Prinzip freiheitlicher Rechtssprechung gilt, nach dem jeder solange als unschuldig anzusehen ist als ihm nichts nachgewiesen werden kann, sondern die Überzeugung von der Schuld des Beklagten lenkt bereits das Verhör, das den wahren Tatbestand erst feststellen soll. Dabei scheut man keineswegs vor Maßregeln zurück, die nicht in erster Linie gegen die Tat, sondern gegen die Gesinnung gerichtet sind, wie das Verhör der Herzogin offenbar beweist.

Die Folgen im Strafvollzug sind verheerend, so daß es der König ablehnt, la Regnie als dem Präsidenten der Chambre ardente weitere Vollmachten zuzubilligen. „Der König, überzeugt, schon der Chambre ardente zuviel Gewalt gegeben zu haben, erschüttert von dem Greuel unzähliger Hinrichtungen, die der blutgierige la Regnie veranlaßt, wies den Vorschlag gänzlich von der Hand." Der eingeschobene Bericht erfüllt also in erster Linie die Funktion, auf die Übergriffe des absolutistischen Polizeistaats hinzuweisen, dessen Maßnahmen den Unschuldigen mit dem Schuldigen treffen, da der einzelne der Willkür der mit weitgehenden Vollmachten ausgestatteten und letztlich nur dem Fürsten verantwortlichen Gerichte ohne jede Verteidigungschance ausgeliefert ist. Polizeistaatlicher Terror ist die Folge einer Gesellschaft, in der die feudalen Partikularinteressen über die Schutzbedürfnisse der Mehrheit dominieren. Zwar wird der König selbst als verantwortungsbewußter dargestellt, aber dies kann nicht über die Tatsache hinwegtäuschen, daß der auf ihn zentrierte absolutistische Staat an den autoritären Willkürakten in der Verbrechensaufklärung die Schuld trägt.

Hoffmann hat die auch in Preußen bestehende Gefahr polizeistaatlicher Übergriffe durchaus gesehen. Über seine Tätigkeit in der Immediat-Commission schreibt er an Hippel: „... wie Du mich kennst, magst Du Dir meine Stimmung denken, als sich vor meinen

Augen ein ganzes Gewebe heilloser Willkühr, frecher Nichtachtung aller Gesetze, persönlicher Animosität, entwickelte! ... Hier war es an der Zeit, auf gesetzlichem Wege mit aller Strenge zu strafen, zu steuern. Aber statt dessen traten Maßregeln ein, die nicht nur gegen die Tat, sondern Gesinnungen gerichtet waren."

Es dürfte kaum einem Zweifel unterstehen, daß Hoffmann, wenn er die polizeistaatlichen Terrormethoden im absolutistischen Frankreich schildert, dabei gleichzeitig auch den preußischen Absolutismus im Auge hatte, der ebensowenig ohne einen mit weitgehenden Vollmachten ausgestatteten Polizeiapparat auszukommen vermochte. Angesichts der wachsenden revolutionären Unruhe im Lande, die Hoffmann keineswegs billigte, fürchtete er offensichtlich die bevorstehenden Übergriffe, so daß seine Novelle u. a. den Charakter eines warnenden Signals am Vorabend der Demagogenverfolgung annimmt.

Eine solche Annahme verhärtet sich durch die Analyse des Geschehens, das den des mehrfachen Raubmords angeklagten Olivier Brusson in den Händen der Gerichtsbehörden vorführt. Nach der Giftmordaffäre erschreckt die Pariser Bürger nämlich eine Serie von Raubmorden, bei denen nachts Männer, die sich mit von Cardillac gefertigtem Schmuck auf dem Wege zu ihren Geliebten befinden, überfallen und immer auf die gleiche Weise erstochen werden. Von dem Schmuck fehlt anschließend jede Spur. Bei eben diesem Cardillac arbeitet auch Olivier Brusson, der die Tochter des Goldschmieds liebt. Als er eines Morgens an der Leiche seines erstochenen Meisters entdeckt wird, sind la Regnie und sein Helfer Desgrais überzeugt, nun endlich den lang gesuchten Raubmörder gestellt zu haben. Die Ermahnung der Scuderi, daß „jeder Richter nicht der Feind des Angeklagten sein, sondern auch auf alles achten müsse, was zu seinen Gunsten spräche," ruft bei la Regnie nur ein „hämisches Lächeln" hervor. Die mehrdeutigen Indizien werden zu einem eindeutigen Netz der Anklage gewoben, in dem Olivier ohnmächtig gefangen ist. Ohne die geringste Möglichkeit, sich zu verteidigen, ist er dem Justizterror hilflos ausgeliefert.

Deutlich tritt die Rechtlosigkeit des einzelnen in den Fängen der inhumanen absolutistischen Gerichtsbarkeit zutage, in deren Augen die Verhaftung bereits dem Schuldspruch gleichkommt. Als die Scuderi, wenig überzeugt von la Regnies Indizienkette, die simple Frage nach dem „Anlaß zu dieser Tat der Hölle" stellt, antwortet der Präsident der Chambre ardente mit einer Flut rein konstruierter haltloser Verdächtigungen, die in dem Vorwurf gipfeln, Olivier habe im Auftrag einer Bande, zu der wahrscheinlich auch Madelon gehöre, die Morde begangen. Ganz im Sinne absolutistischer Strafrechtspflege, der es einzig und allein um die Feststellung des strafbaren Tatbestandes geht, wird hier verfahren. Die Frage, wie der angebliche Verbrecher zu seiner Tat gekommen sei, also die eigentliche Geschichte des Verbrechens bleibt unberücksichtigt. Positives Recht und kasuelle Gerechtigkeit werden unkritisch identifiziert und der Angeklagte einer dogmatischen Rechtssprechung unterworfen. Nicht die moralische Verfassung, die Antriebsmomente des einzelnen, also mit einem Wort das Menschliche selbst spielen eine Rolle, sondern ausschließlich die kasuistischen Normen eines zu einer leblosen Tabulatur erstarrten Strafrechts. Der feudal-absolutistische Obrigkeitsstaat findet seinen adäquaten Ausdruck in einer dogmatischen die Rechte des Untertanen mißachtenden Gerichtsbarkeit.

Die haltlosen von la Regnie geäußerten Verdächtigungen verweisen in diesem Zusammenhang auf die diffamierende Einstellung zum Beklagten schlechthin und legen Zeugnis dafür ab, daß man dem Untertanen auf Grund der fraglosen Überzeugung von seiner Minderwertigkeit von vornherein alles Schlechte anzulasten geneigt ist. So muß die Scuderi den Eindruck gewinnen, „als könne vor diesem schrecklichen Manne keine Treue, keine Tugend bestehen, als spähe er in den tiefsten geheimsten Gedanken Mord und Blutschuld." Ihre Aufforderung: „Seid menschlich!" deutet abschließend noch einmal auf das ganze Ausmaß an Unmenschlichkeit im Rahmen einer Rechtssprechung hin, in der der Rechtsschutz des einzelnen von den Polizeiorganen des Staates notorisch ignoriert wird und in der von richterlicher Unabhängigkeit keine Rede sein kann, da die Gerichtsbarkeit einseitig in den Händen der Obrigkeit also der Unterdrücker selbst liegt. Die Abstufung in Menschen höherer und niederer Ordnung und der Umstand, daß auch die absolutistischen Rechtshandlungen unter dem Schutz der himmlischen Gerechtigkeit standen, mußte sich für den Untertanen verhängnisvoll auswirken, wie es sich bereits 1819, ein Jahr nach der Entstehung der Novelle, im restaurativen Europa deutlich zeigte. Nicht von ungefähr hat Hoffmann das Geschehen in das Zeitalter Ludwig des XIV. verlegt, worüber bereits der Untertitel Auskunft gibt, denn der Sonnenkönig war das unangefochtene Vorbild aller absolutistischen Potentaten, die sich nach dem Wiener Kongreß wieder einer uneingeschränkten Machtausübung innerhalb ihrer Territorien erfreuen konnten.

Bevor Olivier in die Fänge der Chambre ardente gerät, ist er jedoch einem Druck ganz anderer Art ausgesetzt. Sein Meister René Cardillac, den nach seinen eigenen Worten ein „böser Stern“ treibt, gegen den es keinen Widerstand gibt, ist der gesuchte, aber wegen seiner scheinbaren bürgerlichen Rechtschaffenheit über jeden Verdacht erhabene Raubmörder. Es gehört nun allerdings zu den Spannungselementen der Novelle, daß sie nach den Prinzipien einer konsekutiven Erzählweise aufgebaut ist. So erfährt der Leser erst in einem von Olivier geschilderten Rückgriff den wahren Tatbestand. In diesen Rückgriff ist dann, noch einmal zeitlich versetzt, die Selbstcharakteristik Cardillacs in den Worten Oliviers eingeschoben. Eine solche Technik dient aber nun nicht nur der Spannungserregung, sondern intendiert über die Entlarvung des Täters hinaus die Demaskierung der haltlosen Rechtssprechung und damit aller vorschneller Urteile, die die im Menschen selbst begründeten Handlungsmotivationen ignorieren.

Cardillacs Handlungen, die vom künstlerischen Fanatismus bestimmt sind, erschließen sich dem Betrachter in der Tat nur, wenn er bereit ist, ihre psychischen Motive zu entschlüsseln. Er erscheint als Getriebener, der die von ihm in einer Art Rausch gefertigten Schmuckstücke, wenn er sie einmal aus der Hand gegeben hat, um jeden Preis wieder in seinen Besitz bringen muß, und koste es das Leben des eigentlichen Eigentümers. Er selbst nennt es seinen bösen Stern und fügt erklärend hinzu: „... ich mußt' ihm folgen oder untergehen.“

Was hier sichtbar wird, ist die dämonische Seite des romantischen Menschen, dessen individuelles Prinzip, die Bestimmung, nach der er angetreten, ihn über alle normativen Grenzen hinaustreibt und ihn in Gesetzlosigkeit verstrickt. Sein böser Stern ist der Dämon, der ihn wie eine Marionette bewegt und seine Freiheit in die Nähe der Illusion rückt. Alle Versuche, Herr zu werden über sein dämonisches Getriebensein, scheitern. Selbst als er einen besonders kostbaren Schmuck der Scuderi aus Dankbarkeit verehrt hat, stellen sich schon wenig später bedrohliche Anfechtungen ein. „Da geschah es, daß Cardillac plötzlich alle Munterkeit verlor. Er schlich trübe umher, starrte vor sich hin, murmelte unverständliche Worte, focht mit den Händen, Feindliches von sich abwehrend, sein Geist schien gequält von bösen Gedanken.“

Eine Gestalt wie Cardillac ist erst nach der Französischen Revolution denkbar, die die Freiheit des Individuums deklariert hatte und bemüht war, den Menschen aus den Fesseln des Ständestaats zu lösen. Aber das Resultat war nun keineswegs eine Vergrößerung des inneren Freiheitsraums, sondern der Mensch, konfrontiert mit der Möglichkeit einer Loslösung von den alten Bindungen, sah sich plötzlich der Entfesselung seiner lang aufgestauten, durch die tradierten Normen bisher gezügelten individuellen Kräfte ausgesetzt, die ihn maß- und formlos über alle Grenzen hinwegrissen. Seiner selbst nicht mehr mächtig, wurde er verfolgt von Schuldgefühlen, die nicht zuletzt zurückwiesen auf die Wirren der Revolutionsjahre, in denen der Bürger versucht hatte, die repressiven Normen absolutistischer Herrschaft im Blut zu ersticken. Aus solcher psychischen Situation erwuchs der europäische Schreckensroman, als dessen deutscher Initiator Hoffmann gelten dürfte. In diesem Sinne ist auch Cardillac der Träger einer Horrorhandlung, in deren Mittelpunkt die Entfesselung gesetzloser individueller Willkür steht.

Olivier Brusson gerät als Opfer in den Sog zweier überdimensionierter Mächte, die ihn zu vernichten drohen. Auf der einen Seite glaubt er es seiner Liebe zu Madelon schuldig zu sein, über das dämonische Getriebensein des Goldschmieds vor der Welt Stillschweigen zu bewahren, dieser Einstellung folgt er auch dann noch, als er bereits des mehrfachen Raubmords angeklagt ist, auf der anderen Seite bedrohen ihn die inhumanen Praktiken absolutistischer Rechtssprechung. Dem Konflikt zwischen hemmungslos sich auslebender Individualität und der sich absolut setzenden Gesellschaft ist er ohnmächtig ausgeliefert.

In Cardillac und den Polizeibehörden stehen sich, exemplarisch verdichtet, die nach der Revolution noch nicht wieder gebundenen Wirkkräfte gesellschaftlicher Existenz in übersteigerter Antithetik gegenüber, jeden mit Vernichtung bedrohend, der in ihr Spannungsfeld gerät. Freischaffendes Künstlertum und polizeilicher Disziplinierungsapparat veranschaulichen in extremer und zugleich zeitgebundener Steigerung die Pole des Individuellen und Sozialen, zwischen denen sich menschliches Leben abspielt und erfüllt. Zeithistorisch gesehen, bilden sich in solchem Konflikt die liberalen Tendenzen der Freiheitskriege, das Verlangen nach Demokratisierung und die restaurativen feudalabsolutistischen Wirkkräfte ab. Eine Harmonisierung schien schlechterdings undenkbar, da beide Seiten einen Unbedingtheitsanspruch zur Schau trugen. Liberalismus und das reaktionäre Bemühen um die Wiederherstellung überholter Herrschaftsformen stießen am Anfang des 19. Jahrhunderts allzu unvermittelt aufeinander, so daß, angesiedelt zwischen beiden Fronten, die Existenz des einzelnen notwendig in die Tragik einmünden mußte.

Trotz allem strebt Hoffmann eine Auflösung der tragischen Situation an. Nicht von ungefähr trägt die Novelle den Titel „Das Fräulein von Scuderi“, denn die Scuderi ist in der Tat die eigentliche Hauptfigur in dem dramatischen Geschehen und nicht etwa der Goldschmied, wie immer wieder behauptet worden ist. Ihr ganz persönlicher Einsatz führt schließlich die Wendung herbei, so daß sie als die Vermittlerin zwischen den beiden zu Extremen verhärteten Fronten fungiert. Die Erinnerung an den nächtlichen Besucher, der sich später als Olivier Brusson entpuppt und ohne Hilfe davongeschickt worden war, ruft in ihr bereits Schuldgefühle wach: „Den leisesten Schlummer störten ängstliche Träume, es war ihr, als habe sie leichtsinnig, ja strafwürdig versäumt, die Hand hülfreich zu erfassen, die der Unglückliche, in den Abgrund versinkend, nach ihr emporgestreckt ...“ Von der ersten Seite an erscheint die Scuderi in das Konfliktgeschehen miteinbezogen, das sich im Zuge der konsekutiven Erzähltechnik erst später Schritt für Schritt aufhellt. Aber deutlich fühlt die Scuderi bereits zu Anfang, das ihr hier eine wichtige Aufgabe zugefallen ist, die von ihr in der Folgezeit mehr und mehr Besitz ergreift. So wächst sie allmählich in die Rolle der Mittlerin hinein zwischen dem unendlichen formlosen Streben des einzelnen und dem endlichen dogmatischen Standpunkt der Gesellschaft.

In ihr offenbart sich die für das Sittliche im hohen Grade empfängliche Persönlichkeit, die im ernsten uneigennützigen Willen, ungerechte Handlungen abzuwenden, sich unmittelbar entschließt und wählt. In diesem Sinne nimmt sie sich der verlassenen Madelon an und stellt in gänzlicher Unbefangenheit Nachforschungen über die näheren Lebensumstände des verhafteten Oliviers an, für dessen angebliche Schuld sie jedoch keine Anhaltspunkte zu entdecken vermag. Richtungsweisend für ihr Bemühen sind nicht etwa die Gesetze, sondern allein die allgemein menschliche Verfassung des Beklagten. An die Stelle einer kasuistischen Rechtspflege tritt für sie eine im Humanen begründete Seinsethik, die sie zum aktiven Eintreten für die Verwirklichung der Gerechtigkeit anspornt. „Mit der festen Überzeugung von Oliviers Unschuld faßte die Scuderi den Entschluß, den unschuldigen Jüngling zu retten, koste es, was es wolle.“

In solcher Absicht begibt sie sich zu la Regnie, denn im unmittelbaren Kontakt mit den gesellschaftlichen Wirkkräften muß sich die sittliche Überlegenheit ihres Standpunkts erweisen, der nicht im Ne-

4 Freund, Kriminalnovelle (72816)

gativen der Normverletzung, sondern in der positiven Achtung vor dem Einzelwesen verankert ist. Ihr Insistieren auf der Frage nach dem Tatmotiv und ihr Aufruf zur Menschlichkeit bezeugen ihre ausschließlich im Humanen verwurzelte Orientierung. Doch ihr ethischer Optimismus scheitert an der nur den Normen einer dogmatischen Rechtssprechung verpflichteten Kaltblütigkeit des Präsidenten. Aber selbst der Scuderi bleibt die Verwirrung der Gefühle nicht erspart, nachdem sie in dem gefangenen Olivier den Mann entdeckt hat, der ihr das Kästchen mit den Juwelen gebracht hatte. Die plötzlich zutagetretende Diskrepanz zwischen Sein und Bewußtsein bringt sie an den Rand der Verzweiflung: „Ganz zerrissen im Innern, entzweit mit allem Irdischen, wünschte die Scuderi, nicht mehr in einer Welt voll höllischen Truges zu leben." Entscheidend ist also die Übereinstimmung der uneigennützigen inneren Überzeugung mit den realen Tatbeständen. Wo diese Übereinstimmung nicht mehr gegeben ist, geraten die Orientierung und damit die existentielle Grundlage in Gefahr. Aber selbst auf dem Höhepunkt ihrer Skepsis lehnt sie es zunächst ab, das Vertrauen Oliviers zu mißbrauchen, indem sie sich dagegen verwahrt, sich nach Oliviers eigenem Wunsch dessen Geständnis anzuhören. „... soll ich das Vertrauen des unglücklichen Menschen mißbrauchen, ihn aufs Blutgerüst zu bringen? ... Nichts mag ich von seinen Geheimnissen erfahren, die wie eine heilige Beichte in meiner Brust verschlossen bleiben würden."

Auch noch im Verbrecher, für den die Scuderi den Angeklagten für eine kurze Zeitspanne hält, achtet sie den Menschen. Deshalb weist sie jede Art der Gesinnungsschnüffelei entschieden zurück, wie sie von den absolutistischen Kontrollorganen praktiziert wurde. Ihre auf der Achtung vor dem Einzelmenschen basierende Tugend bewährt sich selbst noch in der tiefsten Erkenntniskrise ihres Lebens. Erst die Androhung der den Wert der Einzelpersönlichkeit mißachtenden Tortur, der Olivier ausgesetzt werden soll, kann sie dazu bewegen, dem Beklagten den Besuch bei sich zu gestatten. Und wieder, wie vor ihrem Gang zu la Regnie, folgt sie hierbei einer inneren Eingebung. „Es war ihr, als müsse sie der höheren Macht gehorchen, ..."

Nur der unvoreingenommene, von keinem Eigennutz geblendete Mensch, der in jedem den unverlierbaren Wert der Einzelpersönlichkeit respektiert, trägt einen untrüglichen Wertmesser für die Gerechtigkeit in sich, zu deren Verwirklichung er sich spontan zu entschließen vermag. Die Enthüllung Oliviers als epischer Rückgriff auf dem Höhepunkt der Erkenntniskrise eingeschoben, gibt der inneren

Stimme recht, die in der Scuderi für die Unschuld des Beklagten plädiert hatte, und löst die Verwirrung endgültig auf. Die Diskrepanz von Sein und Bewußtsein stellt sich als nur scheinhaft heraus, hervorgerufen durch die Übermacht und Undurchdringlichkeit einer Umgebung, in der sich das Ich und die Gesellschaft als zwei sich absolut setzende Werte unversöhnlich gegenüberstehen. Die Dissonanzen von dogmatischer Rechtssprechung und Menschlichkeit auf der Seite des absolutistischen Polizeiapparats und von äußerer Rechtschaffenheit und dem Verfallensein an dämonischen Kräften im Innern auf der Seite Cardillacs weisen deutlich auf den disharmonischen Zustand einer Welt hin, in der liberale Tendenzen gewaltsam unterdrückt werden, so daß individuelle wie kollektive Radikalismen sich zwangsläufig aneinander steigern, und fortgesetzte extreme Reaktionen zur Bildung einer unversöhnlichen Antithetik führen müssen.

Der Scuderi fällt in diesem Zusammenhang die vermittelnde Aufgabe zu, eine Synthese herbeizuführen, indem sie für Olivier Brusson, das unschuldige Opfer der geschilderten Konfliktspannung ein gerechtes Urteil erwirkt. Nun „stand es fest in ihrer Seele, daß sie kein Opfer scheuen müsse, das himmelschreiende Unrecht abzuwenden, das man zu begehen im Begriffe war." Bezeichnend für das folgende Vorgehen der Scuderi ist die strenge Bindung an den vorgeschriebenen Instanzenweg, da die Tugend der sittlichen Einzelpersönlichkeit sich nur im Zusammenspiel mit den gesellschaftlichen Kräften bewähren kann. Zunächst wendet sie sich in einem Brief noch einmal an la Regnie und weist allerdings noch unter Wahrung des Geheimnisses von Olivier, der um keinen Preis Madelon als Tochter eines Raubmörders bloßstellen möchte, auf die Unschuld des Angeklagten hin. Als dieser Versuch erwartungsgemäß scheitert, zieht sie einen Advokaten hinzu, der ihr aber im Sinne der geltenden kasuistischen Rechtssprechung nicht zu helfen vermag.

Erst der Auftritt des Grafen Miossens, der Cardillac in Notwehr erstochen hat, läßt neue Hoffnung aufkommen, wenn der Graf auch zunächst aus Furcht vor la Regnie zu keiner offiziellen Aussage bereit ist. Insofern wird noch einmal kritisch auf die negativen Folgen einer dogmatischen Gerichtsbarkeit hingewiesen, die weniger der Gerechtigkeit als dem Justizirrtum Vorschub leistet. Immerhin kann die Scuderi in der Gewißheit, einen Augenzeugen benennen zu können, sich nun zu ihrem entscheidenden Gang zum König aufmachen, dem sie den wahren Sachverhalt rückhaltlos offenbart. Ihr hohes Alter und ihr unermüdlicher Einsatz führen schließlich zum Erfolg.

„Doch“, urteilt der König am Ende, „wen die Tugend selbst in Schutz nimmt, mag der nicht sicher sein vor jeder bösen Anklage, vor der Chambre ardente und allen Gerichtshöfen in der Welt!“ Deutlich schwingt in diesem Urteil das Bewußtsein der Diskrepanz von parteiischer Gerechtigkeit und unvoreingenommener Moral, von starrer nur dem toten Buchstaben des Gesetzes verpflichteter Kasuistik und eines dynamischen wahrhaft humanen Engagements mit. Die unvoreingenommene und uneigennützige innere Rechtsstimme triumphiert über die absolutistische Gerichtsbarkeit und mit ihr die sittliche Einzelpersönlichkeit über den kollektiven Untertanengeist. In der Scuderi sind individuelles Rechtsbewußtsein und gesellschaftliche Verantwortung ideal vereint. Insofern kann sie als Mittlerin zwischen den erstarrten Fronten auftreten und eine Synthese herbeiführen, indem sie den in das Spannungsfeld von schrankenlosem Individualismus und einer sich absolut setzenden Gesellschaftspolitik geratenen Menschen vor dem drohenden Unrecht bewahrt. Die Synthese, die im Denken und Handeln der Scuderi transparent wird, ermöglicht erst die Überwindung der unversöhnlichen Antithetik und damit die Harmonisierung der konfliktträchtigen Situation.

An dieser Stelle tritt aber auch spätestens der utopische Charakter der Novelle zutage, die im fiktiven Rahmen eine Brücke zu schlagen versucht zwischen dem gefährdeten einzelnen, der sich entweder in Schuld verstrickt oder unschuldiges Opfer übergreifender Konflikte wird, und dem allmächtigen restaurativen Staat. Die idealistisch gezeichnete Einzelpersönlichkeit, die sich aus sittlicher Überzeugung in den als gerecht empfundenen Sozialverband integriert, soll die Inhumanität absolutistischer Willkürherrschaft und zugleich die individuellen Ängste überwinden. In einer Art utopischer Harmonie ist am Ende die Antinomie von Individuum und Gesellschaft aufgehoben in der organischen Synthese von Persönlichkeit und Gemeinschaft. Nicht die einseitige Entscheidung, sondern die Versöhnung behält die Oberhand.

In der Scuderi wird exemplarisch eine Idealfigur romantischer Staatsauffassung vorgeführt. Gerade auf ihre Eigenart stützt sich ihre Werthaftigkeit für die Gemeinschaft, in der sie wirkt. In diesem Sinne antizipiert die Novelle den Idealzustand der organischen Einheit der Mannigfaltigkeit. Eine solche antizipatorische Darstellung steht jedoch in schroffstem Gegensatz zu den politisch-gesellschaftlichen Verhältnissen im absolutistischen Staat im allgemeinen und im restaurativen Deutschland im besonderen. Wesentliches Prinzip des Untertanenstaates ist die Kollektivierung und die Ausrichtung der undifferenzierten Masse auf den Fürsten, der sich auf Kosten aller anderen in einem uneingeschränkten Freiraum bewegt. Angesichts der Realität muß der antizipatorische Entwurf eines Gegenbilds trotz aller unbezweifelten Kritikhaltigkeit praktisch folgenlos bleiben, da für die Utopie einer Synthese von Persönlichkeit und Gemeinschaft kein wirklich gesellschaftlicher Nährboden existiert.

Der Ausgang liest sich daher nicht zufällig wie der Schluß eines Märchens. Das Liebespaar Olivier und Madelon, in deren erfüllter Liebe sich die fiktiv erreichte Synthese noch einmal anschaulich verkörpert, erhält vom König eine hohe Geldzuwendung und übersiedelt bezeichnenderweise in die Schweiz, wo bereits lange vor der Abfassung der Novelle die Standesvorrechte und das Untertanenverhältnis abgeschafft worden waren. Von Olivier heißt es an dieser Stelle: „Reich ausgestattet durch Madelons Brautschatz, begabt mit seltener Geschicklichkeit in seinem Handwerk, mit jeder bürgerlichen Tugend, ward ihm dort ein glückliches sorgenfreies Leben. Ihm wurden die Hoffnungen erfüllt, die den Vater getäuscht hatten, bis in das Grab hinein". Die Superlative des Märchens erstellen eine fiktive Welt der Erfüllung, die die pejorative Geschichtsrealität des Feudalabsolutismus im Vergleich nur um so greller hervorhebt, ohne daß die Voraussetzungen zu einer wirklichen Änderung am realhistorischen Horizont sichtbar werden.

VI. Franz Grillparzer: Das Kloster bei Sendomir

Die 1827 erschienene und im wesentlichen auf eine polnische Chronik zurückgehende Erzählung weist den typischen Rahmenbau einer Novelle auf. Zwei Funktionen des Rahmens lassen sich deutlich voneinander abheben. Zum einen wird das Geschehen bereits in der Einleitung räumlich und zeitlich fixiert. Zwei Reisende, Boten des deutschen Kaisers, befinden sich in politischer Mission zwischen Krakau und Warschau auf dem Weg zum polnischen König Johann Sobieski. Damit ist der historische Hintergrund des ausgehenden 17. Jahrhunderts aufgerissen, ein Umstand, der für die zeitliche Einordnung der im folgenden geschilderten Ereignisse bedeutsam ist. Von vornherein ist das Geschehen in einen bestimmten historisch und räumlich festgelegten Rahmen eingebettet, wodurch einmal mehr der Authentizitätsanspruch der Kriminalnovelle betont wird.

Auf ihrem Weg zum polnischen Königshof verbringen die kaiserlichen Boten die Nacht im Kloster bei Sendomir. Doch bevor sie dort einkehren, wird eine landschaftliche Schilderung gegeben, die die zweite Funktion des Rahmens deutlich werden läßt. „Die Strahlen der untergehenden Sonne vergoldeten die Abhänge eines der reizendsten Täler der Woiwodschaft Sendomir". Verklärender Abendfrieden liegt über einem Landstrich, der durch seine Tallage von der übrigen Welt gleichsam abgeschirmt zu sein scheint. Ruhe, der heraufziehende Abend und die Abgrenzung erstellten in atmosphärischem Zusammenwirken ein idyllisches Bild des Friedens, das durch den Hinweis auf das Kloster harmonisch abgerundet wird. Die räumliche Abgeschiedenheit wird durch die geistliche des Klosters wirkungsvoll vertieft.

Im eigentümlichen Gegensatz dazu stehen die Erwähnung des „kriegerischen" Johann Sobieski und die politische Mission der beiden Boten, die von außen in diese Welt hineinkommen, aber von dem Zauber der Friedensidylle bald eingefangen werden. Allerdings ist diese Befriedungsphase nur von transitorischem Charakter, denn die kaiserlichen Boten befinden sich ja lediglich auf der Durchreise. Der Aufenthalt in der Abgeschiedenheit des Tals und des Klosters bildet eine zeitlich begrenzte Station zwischen den bedrängenden Ansprüchen der großen unruhigeren Umgebung. Die friedvolle Welt des Tals und die sich jenseits des Tals ausbreitende Welt der Politik formen also schon im ersten Teil des Rahmens den Eindruck der Ambiguität, der durch den Auftritt des Mönchs anschaulich unterstrichen wird.

„Der Eingetretene war in ein abgetragenes Mönchsgewand gehüllt, das sonderbar genug gegen den derben, gedrungenen Körperbau abstach.“ Alles an dem Mann zeugt von Entschlossenheit und Kraft, „so daß die Kleidung abgerechnet, der Beschauer den Mann für alles, als für einen friedlichen Sohn der Kirche erkannt hätte“. Eine widersprüchliche Erscheinung also, deren klösterliche Kleidung wie eine Tarnung des inneren Unfriedens wirkt. Auch die Geschichte, die der Mönch anschließend erzählt und die den Binnenteil der Novelle ausmacht, ist bestimmt von einem durchgehend ambivalenten Lebensgefühl. Dabei kann es dem aufmerksamen Leser nicht entgehen, daß es sich bei dem Mönch um den Grafen Starschensky, die Zentralfigur der berichteten Ereignisse, selber handelt. Die Wahl der dritten Person ist von psychologischer Bedeutsamkeit. Sie stellt den Versuch dar, sich von den bedrängenden Vorgängen der Vergangenheit nachdrücklich zu distanzieren, ähnlich wie die klösterliche Existenz die quälenden Erinnerungen auslöschen soll.

Neben der auffallenden Ambiguität läßt sich überdies eine direkte Verbindung zwischen dem Rahmen und dem Binnenteil feststellen. Die Erwähnungen des Reiseziels Warschau durch die kaiserlichen Boten ruft in dem Mönch die vergangenen Ereignisse wach. „Das ist eine arge Stadt“, urteilt er spontan, „Aller Unfrieden geht von dort aus“. Warschau, Zentrum der polnischen Politik, erscheint als die Stätte des Unfriedens schlechthin. Sie ist nicht nur das Reiseziel der im Kloster abgestiegenen Boten, sondern war auch der Anfang des Leidensweges des Grafen Starschensky, den ein Reichstag vor geraumer Zeit dorthin gerufen hatte. Wiederum werden politische Tätigkeit und Privatleben im Sinne von Unfrieden und Frieden hart konfrontiert. Die Einberufung des Grafen beendet ein Leben in Ruhe und Abgeschiedenheit. „... ein über alles gehendes Behagen am Besitz seiner selbst, hatte ihm bis dahin keine Annäherung erlaubt. Abwesenheit von Unlust war ihm Lust.“ Das ist der quietistische Standpunkt einer völligen Gemütsruhe, eines affektlosen, passiven Verhaltens. Es paßt in dieses Bild, wenn Starschensky jedem Kontakt mit dem anderen Geschlecht aus dem Wege geht, ängstlich darum besorgt, jegliche Möglichkeit einer leidenschaftlichen Erregung von vornherein zu unterbinden. Eine solche Haltung, die den Verzicht auf jede Form des Begehrens und der öffentlichen Meinungsäußerung in sich schließt, steht in schärfstem Gegensatz zu dem fordernden Charakter politischer Auseinandersetzung, die ohne die offene Stellungnahme nicht auszukommen vermag. Der Quietismus als Lebensphilosophie bildet die Voraussetzung für die angestrebte Gemütsruhe angesichts bedrohlicher gesellschaftlicher Unruhen. Dies gilt sowohl, wie zu zeigen sein wird, für die Mitte des 17. Jahrhunderts in Polen, zu diesem Zeitpunkt dürfte die Geschichte des Grafen einsetzen, wie für die Abfassungszeit der Novelle selbst. Die Einberufung des Grafen zum Reichstag nach Warschau zeigt mit aller Deutlichkeit, daß die abgeschiedene Existenz ständig von den äußeren Ansprüchen bedroht ist. Auch für die beiden deutschen Reisenden bedeutet ja der friedvolle Aufenthalt im Kloster nur eine flüchtige Zwischenstation. Insofern gestaltet die Novelle spannungsgeladenes biedermeierliches Lebensgefühl im Konflikt zwischen Verlangen nach innerer Befriedung und den Ansprüchen einer unruhigen Außenwelt, die den menschlichen Kern ständig mit Zersetzung bedroht.

Bezeichnenderweise in Warschau erfährt der Graf in der Begegnung mit Elga die Faszination der Liebe, der er sich von vornherein nicht zu entziehen vermag. „Der Graf stand verloren im Anschaun des Mädchens ...“, heißt es, als er Elga zusammen mit ihrer Familie in dürftigen Umständen antrifft. Von Anfang an erscheint Elga in der verführerischen Rolle der Eva: „Schwarze Locken ringelten sich um Stirn und Nacken“, von den „üppig aufgeworfenen, beinahe zu hochroten Lippen“ und dem „voll gebauten Körper, dessen üppige Schönheit die ärmliche Hülle mehr erhob als verbarg“ ist die Rede, so daß der Graf von den Reizen der hilfsbedürftigen Schönheit überwältigt wird. Der erste entscheidende Schritt auf seinem Leidensweg ist getan, der ihn endgültig herausführen soll aus seinem bisherigen friedvollen Leben.

In seiner leidenschaftlichen Erregung nimmt er nur am Rande wahr, daß Elga zu der revolutionären Familie der Lascheks gehört, die „sich in politische Verbindungen eingelassen“ hatte, „die das Vaterland mißbilligte“. Gemeint sind die inneren politischen Kämpfe in Polen, wo sich die den Habsburgern nahestehende Hofpartei mit der wachsenden Gruppe der Republikaner, zu denen offenbar auch die Lascheks gehören, auseinanderzusetzen hatte. Die Republikaner und unter ihnen auch der Kleinadel fürchteten bei einem Erfolg der Habsburger und Bourbonen die Etablierung eines Absolutismus nach französischem Vorbild.

Der Bezug zur Entstehungszeit der Novelle liegt auf der Hand. Im Österreich der zwanziger Jahre des 19. Jahrhunderts hatte sich der Absolutismus unter der Führung Metternichs stabilisiert, und Verfechter republikanischer oder liberaler Staatsideen erwartete wie die Lascheks in Polen um die Mitte des 17. Jahrhunderts die gesellschaftliche Ächtung. Obwohl Grillparzer selbst ein erklärter Gegner des absolutistischen Obrigkeitsstaats war, gab er Versuchen revolutionärer Systemumgestaltung keine Chance. In einer Tagebuchnotiz von 1841 schreibt er mit Bezug auf das nachrevolutionäre liberale Frankreich: „... ich hoffe, die Freiheit werde durch ihre Ausbildung in jenem tonangebenden Land nach und nach so in die Sitte und Gewohnheit des Zeitalters übergehen, daß man endlich einen Absolutisten auslachen werde wie einen der einen roten Rock trägt oder eine Weste mit langen Schößen. Wenigstens Deutschland kann auf keine andere Art dazu kommen; Deutschland, wo die Kräftigen ohne Geist und die Geistigen ohne Kraft sind." Auf diesem Hintergrund müssen auch die revolutionären Aktivitäten der Lascheks gesehen werden. Nicht der gewaltsame Umsturzversuch führt zum Ziel, sondern geduldiges Warten auf die allmähliche Reifung freiheitlicher Gesinnung. Die dürftigen Lebensumstände der Lascheks nach ihrer Vertreibung scheinen eine solche Auffassung zu bestätigen. Insofern wird der quietistisch gefärbten Haltung Starschenskys recht gegeben, während dem revolutionären Umstürzlertum der Lascheks und in zeitlicher Verschiebung auch den vormärzlichen Unruhen eine Absage erteilt wird. Das Bewußtsein politischer Ohnmacht angesichts des Metternichschen Unterdrückungsapparats führt zu einer weitgehenden gesellschaftlichen Entsagung bei wachsendem inneren Unbehagen. Die Folge ist eine durchaus zwiespältige Stimmung, die sich in der ambivalenten Gestaltungsweise der Novelle niederschlägt und als symptomatisch gelten kann für die Biedermeierzeit. Es zeugt aber von der nüchternen Einstellung Grillparzers, daß er nicht den Triumph stoischer Weltorientierung darstellt, sondern vielmehr deren ständige Gefährdung in einer Zeit gärender gesellschaftspolitischer Unruhen.

Den spezifischen Zuschnitt gewinnt die Novelle durch die Verbindung von erotischer und politisch-revolutionärer Leidenschaft. Dadurch daß Elga einer im Sinne geltender Systembedingungen aufrührerischen Familie angehört, sieht sich auch der Graf bald in ein Netz größter Unannehmlichkeiten verstrickt, die in steigernder Folge konsequent zur Katastrophe führen. Zunächst fordert die zerrüttete Vermögenslage der Lascheks seinen ganzen Einsatz, der durch die anfängliche klug berechnet erscheinende Zurückhaltung Elgas immer aufs neue angespornt wird. Aber nachdem der Graf die Rückkehr der Lascheks auf ihre Güter erwirkt hat, muß er den bedenklichen Zustand seiner eigenen Vermögensverhältnisse erkennen, zumal „des Forderns und Nehmens kein Ende" war. In Übereinstimmung mit Elga, die er inzwischen geheiratet hat, zieht er sich wieder in die Abgeschiedenheit seiner Burg zurück. „Der Graf übersah mit einem Blick das Bedenkliche seiner Lage und, ordnungsliebend wie er war, hatte für ihn ein rasches Umkehren von dem eingeschlagenen Taumelpfade nichts Beängstigendes."

In der Tat hatte das Stadtleben ihn an den Rand des Ruins gebracht und zur Liquidierung all der Verhaltensweisen geführt, die vorher die Bedingungen seines Seelenfriedens gewesen waren. Es ist daher verständlich, wenn er sich von seiner Rückkehr auch eine Wiederherstellung des alten befriedeten Zustands erhofft. Allerdings übersieht er dabei, daß es ja Elga war, die ihn zur Abkehr von seinen sonstigen Lebensgewohnheiten bewegt hatte, und die er nun als seine Frau heimführt. Gerade von ihr sollen auch in der Folgezeit die Impulse ausgehen, die zur inneren Vernichtung Starschenskys führen.

Doch zunächst wird von der Schwangerschaft bis zwei Jahre nach der Geburt des Kindes eine retardierende Phase eingeschoben, die auf den dramatischen Aufbau der Novelle verweist. Noch einmal scheint es so, als habe sich der Graf durch seine entschlossene Umkehr der drohenden Katastrophe entziehen können. Der bald erfolgende Umschlag im Sinne einer Peripetie geschieht jedoch nicht gänzlich unvorbereitet. Zunächst sind es noch vereinzelte Hinweise auf gelegentliche Auseinandersetzungen mit den Lascheks, dann taucht plötzlich ein Unbekannter auf dem Burggelände auf, den der Graf kurz darauf mit eigenen Augen sieht, ihn aber nicht zu stellen vermag. Seine erwachende Eifersucht findet schließlich eine unheilvolle Bestätigung, als er zufällig das Bild Oginskys, eines Verwandten der Lascheks, bei seiner Frau entdeckt, der vormals mit zu den Revolutionären gehört hatte. Die Ähnlichkeit zwischen dem Bild und seiner Tochter sind so frappierend, daß kein Zweifel an der eigentlichen Vaterschaft bestehen kann.

Zu einem Zeitpunkt, als die kritische Phase überwunden zu sein schien, bricht das Verhängnis endgültig über Starschensky herein. Die durch die Heirat bedingte Verbindung zu der revolutionär gesinnten

Familie läßt ihn nicht mehr zur Ruhe kommen und treibt ihn mit unerbittlicher Konsequenz der Katastrophe zu. Jetzt erst wird klar, was der Mönch mit dem Hinweis auf die arge Stadt Warschau meinte, denn dort hatte sich ja Starschensky durch die spontane Liebe zu Elga in jene Beziehung zu den politischen Umstürzlern verstrickt, die nun seinen unweigerlichen Untergang bedingt. Die einmalige Entfesselung der Leidenschaft, die seine quietistische Orientierung verdrängt hatte, läßt sich nicht wieder rückgängig machen, zu sehr trifft ihn der evidente Treuebruch seiner Frau, zu der er sich nach wie vor leidenschaftlich hingezogen fühlt. Aus dem seiner selbst sicheren und passiven Grafen ist ein vom Affekt beherrschter unfreier Mensch geworden, den es zu blinden Aktionen hinreißt. Auf dem Höhepunkt der dramatischen Verwicklungen ersticht Starschensky seine Frau, deren unerlaubte Beziehungen zu Oginsy außer Zweifel stehen. Oginsky selbst, den der Graf inzwischen stellen konnte, der aber noch während des entscheidenden Verhörs entflieht, gesteht den Ehebruch: „Auch bekenne ich mit der Tochter des Starosten Laschek unerlaubte Gemeinschaft gepflogen zu haben, vor und nach ihrer Vermählung mit dem Grafen Starschensky. Ihrer Ehe einziges Kind ...“ hier bricht das Geständnis ab. Doch der Leser hat ohnehin genug erfahren.

Der kriminelle Akt stellt sich dar als die notwendige Konsequenz eines Lebens, das die quietistische Abgeschiedenheit mit dem leidenschaftlichen Engagement vertauscht hatte. Angesichts der blutigen Katastrophe und der völligen Zerstörung der Burg sowie der weltlichen Existenz Starschenskys muß sich notwendig die Einsicht aufdrängen, daß Leid vornehmlich aus dem engagierten Kontakt zum Mitmenschen entspringt. Nur eine Fortführung seines abgeschiedenen Lebens hätte den Grafen vor dem abschließenden Untergang bewahren können, obwohl seine Liebe zu Elga, nicht zuletzt erwachsen aus dem Bedürfnis zu helfen, menschlich durchaus verständlich ist. Der Zwiespalt zwischen einem friedvollen, aber isolierten Leben und der konfliktträchtigen Kontaktnahme weist einmal mehr auf die menschliche Problematik in der Restaurationszeit hin.

Einschneidende Gesetzgebungen hatten der Entfaltung des einzelnen im Sinne der Erhaltung des absolutistischen Staates enge Grenzen gezogen. Engagierte gesellschaftspolitische Versuche, hier eine Änderung zu schaffen, waren durch die allgegenwärtigen Kontrollorgane gewaltsam unterdrückt worden oder hatten die Rebellen selbst in den Augen der Welt ins Unrecht gesetzt, wie vor allem die Ermordung Kotzebues gezeigt hatte. In allen Bereichen seines Lebens sah sich der einzelne umstellt von Mißtrauen und Argwohn, so daß sein Vertrauen auf die ihn umgebende Gesellschaft erheblich erschüttert wurde. Auf diesem Hintergrund blieb der Rückzug ins Private, die bewußte Isolation von allen konfliktschaffenden Verbindungen oft die einzige Konsequenz. Es gehört jedoch zu den realistischen Zügen der Novelle, daß die angestrebte abgeschiedene Existenz in ihrer ganzen Brüchigkeit dargestellt wird. Auf die Dauer ist die selbstgewählte Isolation nicht durchführbar, da die Ansprüche der Gesellschaft an den einzelnen bestehen bleiben. Sobald jedoch der Kontakt mit der gesellschaftlichen Gruppe hergestellt ist, regen sich notwendig wieder die bisher lediglich unterdrückten sozialen Bedürfnisse, die sich bei Starschensky in der Hilfsbereitschaft und der Liebe äußern. Welches Ausmaß die gesellschaftliche Perversion jedoch erreicht hat, zeigt sich dann in der zwangsläufigen Entwicklung zur Katastrophe. Hilfsbereitschaft wird mit unverschämten Forderungen beantwortet, und die Liebe mit Betrug. Mißtrauen und der tatsächliche Vertrauensbruch machen selbst vor der intimen ehelichen Verbindung nicht halt und führen zur Vernichtung der Partner. Insofern wird ein durchaus pessimistisches Bild jeder Form der Sozialisation entworfen in einer Zeit, die das gesellschaftliche Leben durch repressive Maßnahmen und Strukturen von Grund auf vergiftet hatte. Im eigentlichen Kriminalfall offenbart sich die Tragik des gestörten Verhältnisses zwischen dem einzelnen und seinen sozialen Neigungen, die, wenn er ihnen nachgibt, ihn zwangsläufig zerstören. Aber erst, wenn eine solche tragische Zuspitzung als der Ausfluß einer bestimmten historisch bedingten Gesellschaftsentwicklung begriffen wird, verliert sie ihre bedrängende Wirkung, da sie in Kenntnis der Ursachen steuerbar und vermeidbar wird.

Den Intentionen der Novelle angepaßt, ja durch sie erst darstellbar, ist das zugrunde gelegte Bild der Frau. Sie löst durch ihre zur Schau gestellte Hilfsbedürftigkeit wie durch ihre verführerische Schönheit die sozialen Regungen und Leidenschaften im Mann aus, die ihn aus der Isolation herausführen. In ihr verkörpert sich das unsterbliche Bild der Eva, die, indem sie in seinen befriedeten Bezirk eintritt, ihn zum Spielball und Opfer leidenschaftlicher Aufwallungen macht. Als Leidenschaftsträgerin ermöglicht sie erst die dramatischen Verwicklungen, denen der Graf dann erliegt. Im Gegensatz zu der Beständigkeit der Liebe ihres Mannes, ist Elgas Liebesauffassung von der Unbeständigkeit bestimmt. Trotz glücklicher Lebensumstände an der Seite des Grafen unterhält sie weiterhin illegitime Beziehungen zu Oginsky und beschwört so die unvermeidliche Katastrophe herauf. Insofern verkörpert sich in ihr nicht nur die Intensität der Leidenschaft, sondern gleichzeitig deren aller Vernunft zuwiderlaufende Promiskuität und Ziellosigkeit, die für die zutage tretenden chaotischen Tendenzen verantwortlich ist.

Ein im ganzen verzerrtes Bild der Frau also, das sowohl im Biographischen als auch im Zeitgeschichtlichen seine Ursachen hat. Grillparzer hatte in den Jahren vor der Abfassung der Novelle ehebrecherische Beziehungen zu Charlotte Jetzer unterhalten, die 1818 seinen Vetter Ferdinand von Paumgartten geheiratet hatte. Auf diesem Hintergrund stellt das der Erzählung zugrunde gelegte Eva-Klischee einen Distanzierungs- und Selbstrechtfertigungsversuch dar. Über das Biographische hinaus verdichtet sich das persönliche Erlebnis in der Novelle jedoch zu einem zeittypischen Exempel für das gestörte Verhältnis zwischen dem Ich und seinen Sozialisierungsbedürfnissen. Durch die Heirat mit Elga eröffnet sich eine Fülle sozialer Verbindungen, die für Starschensky sämtlich zum Nachteil ausschlagen. Die Ehe wird in diesem Zusammenhang als Keimzelle der Sozialisation angesehen. Die durch sie bedingte Aufhebung der selbstzufriedenen Einzelexistenz wird zur entscheidenden Voraussetzung für den persönlichen Untergang, dessen unmittelbarer Anlaß das erneute Auftauchen Oginskys bildet. Jede Form der Vergesellschaftung, jedes Heraustreten aus dem engen individuellen Kreis mündet ein in die tragische Verwicklung der Einzelpersönlichkeit. Das ist die Zentralaussage des novellistischen Geschehens, in dem sich der radikale Vertrauensschwund der Restaurationsgesellschaft gegenüber abbildet, die den sozialen Aktivitäten des einzelnen durch ein System fortgesetzter Unterdrückungen den Schneid abgekauft hatte.

Zeitweise führte solches Bewußtsein zu einer Überschätzung des Einzelwesens bei Grillparzer selbst. In einer Tagebuchnotiz aus dem Jahre 1823 schreibt er: „Es ist lächerlich wenn man behauptet: der Mensch sei von der Natur zum gesellschaftlichen Zustand bestimmt ... Jeder Mensch kann als Einzelwesen existieren.“ Das in der Novelle gestaltete Eingreifen der sozialen Sphäre in den Bereich des einzelnen widerlegt diese Einstellung nachdrücklich. So bildet der Rückzug des einzelnen in die abgeschiedene Existenz und deren ständige Gefährdung durch die inneren sozialen Anlagen des Menschen wie durch die äußeren gesellschaftlichen Ansprüche in dialektischer Verschränkung das Strukturprinzip der Novelle. In diesem Sinne wird Starschensky aus seiner befriedeten Existenz herausgerissen durch die Einberufung nach Warschau, wo seine lang unterdrückten sozialen Neigungen entbunden werden. Sein Umkehrversuch scheitert sowohl an äußeren Einflüssen als auch an seiner inneren Bindung an seine Frau. Und selbst sein Eintritt ins Kloster kann ihn nicht vor der Heimsuchung durch die Erinnerungen bewahren, die sein mönchisches Leben lediglich als unzureichende Tarnung erscheinen lassen. Ist doch die Binnenerzählung selbst ein Beweis dafür, wie die Vergangenheit immer wieder aus dem ehemaligen Grafen herausbricht.

Der Rückzug aus der gesellschaftlichen Welt, das wird in der Novelle überdeutlich, stellt im eigentlichen keine Lösung dar, da weder die Gesellschaft ohne die Aktivitäten des einzelnen auszukommen vermag noch der einzelne ohne den sozialen Kontakt sein Menschsein verwirklichen kann. Insofern ist der Rahmenbau eng mit dem novellistischen Geschehen verbunden. Auch hier wird die Dialektik von Ruhe und Bewegung, von dem Eintritt in den engen Raum des Tals und des Klosters und dem Aufbruch in die große gesellschaftliche Welt gestaltet. Die Rahmenhandlung gewinnt von daher andeutungshaft eine Art prospektiver Bedeutsamkeit. Wenn am Ende der Novelle die Reisenden nach einer kurzen Ruhephase ihren Weg zum polnischen Königshof fortsetzen, so wird dadurch der Raum wieder geöffnet und damit gleichzeitig auf die Notwendigkeit der Erweiterung des einzelnen zur Gesellschaft hin verwiesen.

Solange jedoch das durch die Unterdrückung der Einzelinitiativen geschürte Mißtrauen der Gesellschaft gegenüber besteht, wie es in der Restaurationszeit der Fall war, kann es weder im individuellen noch im kollektiven Rahmen zu einem gerechten Ausgleich zwischen dem Ich und seiner sozialen Umgebung kommen. An die Stelle eines dynamischen Gleichgewichts tritt unter den restaurativen Voraussetzungen die Selbstisolation des argwöhnischen einzelnen oder, und dies beherrscht das Geschehen der Novelle, die tragische Verwicklung, die selbst in den intimen Bereich der Ehe hinübergreift und den Menschen mit äußerer und innerer Vernichtung bedroht. Die Novelle zeigt mit aller Deutlichkeit, wie die Gesellschaft des Vormärz der Einzelpersönlichkeit in zunehmendem Maße fernerrückt, so daß er bei wachsendem Mißtrauen keine Chance zur Integration sieht und das Hineinreichen sozialer Konsequenzen in seinen Privatbereich ausnahmslos als tragisch erlebt.

VII. Annette von Droste-Hülshoff: Die Judenbuche

Am 30. Dezember 1837, im Jahre der ersten Erwähnung des Novellenstoffs durch die Dichterin und ungefähr 14 Tage, nachdem die sieben Göttinger Professoren, unter ihnen auch die der Droste sehr gut bekannten Jacob und Wilhelm Grimm, vom König ihres Amtes enthoben worden waren, weil sie ihn wegen der Aufhebung der Verfassung von 1833 angeklagt hatten, schreibt die Droste an Sophie von Haxthausen: „Das Ereignis mit den Grimms hat mich auch, ich kann wohl sagen, erschreckt, . . . Gott, wie stürmt jetzt alles auf die Familie ein!“ Im selben Schreiben weist sie auf die verstärkte Zensur hin: . . . es ist nur zu gewiß, daß alle Briefe ins Ausland geöffnet werden, und auch die des Inlands sobald sie an Personen gerichtet sind, wo man denkt, es ließe sich etwas herausbuchstabieren.“ Die Entlassung der Göttinger Sieben hatte ein weites Echo gefunden. Wies doch das mutige Vorgehen der Professoren auf das Erstarken liberaler Tendenzen hin, denen aber nun die Regierung mit massivem Druck zu begegnen begann. Das Unbehagen den restaurativen Eingriffen in die Privatsphäre gegenüber spiegelt sich in den Briefstellen der Droste, besonders dort, wo sie in behutsamer Kritik auf das Öffnen der Briefe bezug nimmt. Bei allem Unbehagen jedoch sieht sie angesichts des allmächtigen Kontrollapparats keine andere Möglichkeit, als die herrschenden Bedingungen gesellschaftlichen Lebens vorläufig hinzunehmen.

Das Bewußtsein des äußeren Drucks mit seinen restriktiven Konsequenzen im Privatbereich bildet sich in mannigfachen gestalterischen Brechungen in den Werken der Droste ab. In der 1842 erschienenen *Judenbuche* wird gleich zu Anfang das Bild einer geschlossenen Gesellschaft im agrarischen Rahmen entworfen. Von dem Dorf B. heißt es: „Das Ländchen, dem es angehörte, war damals einer jener abgeschlossenen Erdenwinkel ohne Fabriken und Handel, ohne Heerstraßen, wo noch ein fremdes Gesicht Aufsehen erregte und eine Reise von 30 Meilen selbst den Vornehmeren zum Ulysses seiner Gegend machte.“ Gleich darauf wird auf das „Recht der öffentlichen

Meinung“ hingewiesen. So entsteht der Eindruck einer tradierten, im wesentlichen statischen Normenstruktur, durch die die Rolle des einzelnen festgelegt erscheint. Wie sehr die Rollenfixierung das Urteil der Dorfbewohner bestimmt, beweisen die Worte von Friedrichs Mutter: „Hülsmeyer ist ein ordentlicher angesessener Mann, und die Juden sind alle Schelme.“ Im gleichen Zusammenhang heißt es: „Kind, Brandis ist ein Förster.“ Ortsansässigkeit wie Beruf sind gleichermaßen ausschlaggebend für die Einordnung des Mitmenschen. Die geburtsmäßige Zugehörigkeit zu einem Gesellschaftsverband macht jede weitere Frage nach der moralischen Integrität des einzelnen überflüssig, während der Zugezogene von vornherein anrüchig ist. Ebenso gut ist das Verhalten durch die spezifische Berufsausübung festgelegt. Der Förster vertritt von Amts wegen die Interessen der Obrigkeit und steht schon allein von daher in einem gespannten Verhältnis zur Mehrheit.

Die Strukturierung in Obrigkeit und Untertanen ist in der Tat ein weiteres Indiz für die geschlossene Gesellschaftsformation. „Die Gutsbesitzer, denen die niedrige Gerichtsbarkeit zustand, straften und belohnten ... der Untergebene tat, was ihm ausführbar.“ Tradierte Normengefüge und Obrigkeit-Untertan-Struktur formen demnach das Bild einer Gruppe, in der der Freiraum des einzelnen von obrigkeitsstaatlichen Bestimmungen reguliert wird. Das „innere Rechtsgefühl“, auf das in der Einleitung hingewiesen wird, veranschaulicht dabei den Grad der Verinnerlichung bestehender Rechtsnormen.

Neben der statischen läßt sich aber auf der anderen Seite auch eine gewisse dynamische Komponente im Sozialisationsprozeß nicht leugnen. „Ein Menschenschlag, unruhiger und unternehmender als alle seine Nachbarn, ließ in dem kleinen Staate, von dem wir reden, manches weit greller hervortreten, als anderswo unter gleichen Umständen.“ So bilden die geschilderten Holzfrevel den Versuch, entgegen den obrigkeitsstaatlichen Erwartungen die eigenen Interessen mit List und Gewalt durchzusetzen. Das Ergebnis ist eine latente bzw. offene Konfliktspannung zwischen der Statik der Gesetze und der Dynamik des auf die Besitzsteigerung ausgerichteten Willens des Untertanen, für den Besitz gleichbedeutend mit Ansehen ist.

„In diesen Umgebungen ward Friedrich Mergel geboren,“ heißt es in der Erkenntnis der Abhängigkeit des einzelnen von seinem sozialen Kontext, in einem Hause, das durch die stolze Zugabe eines Rauchfangs und minder kleiner Glasscheiben die Ansprüche seines Erbauers sowie durch seine gegenwärtige Verkommenheit die kümmerlichen

Umstände des jetzigen Besitzers bezeugte". An der äußeren Erscheinung ist die soziale Stellung ablesbar, denn das Produkt des Subjekts bildet die Norm, an der es gemessen wird. Wie wenig flexibel aber eine solche Urteilsorientierung ist, zeigt der Umstand, daß das verkommene Äußere des Hauses nicht nur in direktem Bezug steht zu dem dem Alkohol zugetanen alten Mergel, sondern sich im Bewußtsein der Leute im Sinne einer Abqualifizierung auf die gesamte Familie erstreckt.

Selbst der heranwachsende Friedrich ist von solchem Urteil nicht ausgenommen, so daß sich in ihm „das Gefühl mancher Zurücksetzung von seiten anderer" festsetzt. So nimmt Friedrich schon früh eine Außenseiterposition ein, da seine soziale Stellung einzig und allein abhängig gemacht wird von den dürftigen Bedingungen seines Elternhauses.

Mit dem Auftritt Simon Semmlers, der nach einer Reihe von später zutage tretenden Indizien in Kontakt mit den Holzfrevlern steht, rückt jedoch die dynamische gesellschaftliche Komponente ins Blickfeld. Sein Angebot, dem Neffen Arbeit zu geben und ihn zum Erben einzusetzen, wird schließlich akzeptiert, zumal sich ohnehin keine Aussicht auf sozialen Aufstieg eröffnet. Unmittelbar nach diesem Angebot zeigt sich bei Friedrich zum erstenmal der Ausdruck „jenes ungebändigten Ehrgeizes und Hanges zum Großtun ..., der nachher als so starkes Motiv seiner meisten Handlungen hervortrat". Der bisherige Außenseiter sieht eine Chance zur Selbstdarstellung vor sich, die fast zwangsläufig den bis dahin unterdrückten Ehrgeiz in übersteigerter Form entbinden muß. Nur im Rahmen der Gesellschaft, die ihm in Gestalt seines Onkels nun unerwartet die Hand reicht, kann er sein natürliches Geltungsbedürfnis befriedigen und sein Selbstbild verwirklichen.

In Johannes Niemand, dem unehelichen Sohn Simons, erscheint sein abgelegtes „verkümmertes Spiegelbild", das symbolisch noch einmal auf sein Außenseitertum zurückverweist.

„... du heißt Niemand, und niemand sorgt für dich", ruft die Mutter aus, und deutet damit auf den Umstand gesellschaftlicher Mißachtung hin.

In der Folgezeit entwickelt sich Friedrich auf Grund der Arbeit bei seinem Onkel, die allem Anschein nach manches abwirft, zum „anerkannten Dorfelegant", so daß ihm die ersehnte Achtung der Gesellschaft in vollem Maße zuteil wird. Gute Kleidung und Geldbesitz erheben ihn in den Augen der anderen. Wiederum bildet das nach außen

5 Freund, Kriminalnovelle (72816)

zur Schau Gestellte die Basis für das Urteil, und es scheint, als wenn der dynamische Aspekt des Aufstiegs über die mehr statischen Urteilsnormen, die Friedrich vorher zum Außenseiter gestempelt hatten, triumphieren können. Nach dem Mord an dem Förster, an dem Friedrich offensichtlich mittelbar beteiligt ist, zeigt sich jedoch, daß sein Ansehen nur auf schwachen Füßen steht, denn allzu schnell ist man bereit, ihn unter die Verdächtigen einzureihen.

Immer noch gilt also sein Außenseiterstatus, der durch den raschen Aufstieg nur vorübergehend in die Latenz abgedrängt worden war. Gerade in dem Umstand, daß man ihm den Totschlag an dem Förster mitanlastet, obwohl ihm hinterher in der Verhandlung nichts zu beweisen ist, zeigt sich seine Position als Außenseiter, der der ständig präsenten Gefahr ausgesetzt ist, das Opfer von Gruppenvorurteilen zu werden. Auf der anderen Seite bleibt jedoch für den Leser kaum ein Zweifel daran, daß er in der Tat Schuld an dem gewaltsamen Tod des Försters trägt. Insbesondere seine Reaktionen, unmittelbar nachdem er dem Förster offenbar auf Grund beleidigender Äußerungen seiner Familie gegenüber den falschen Weg gewiesen hat, und seine Gewissensnot, wie sie im Gespräch mit seinem Onkel zum Ausdruck kommt, bilden untrügliche Indizien für seine Mitverantwortung an der kriminellen Tat. Doch darf in diesem Zusammenhang nicht übersehen werden, daß die starre Normenstruktur der geschlossenen Gesellschaft mitverantwortlich dafür ist, wenn Friedrich den abschüssigen Weg des Kriminellen betreten hat. Vornehmlich die Übertragung der bedauerlichen familiären Umstände auf Friedrich selbst ist die Bedingung für seine offene oder zumindest latente Abqualifizierung durch seine Umgebung, so daß er tatsächlich in Verhaltensweisen hineingedrängt wird, die dem negativen Stereotyp der Gruppe weitgehend entsprechen. Damit konstituiert sich ein circulus vitiosus. Die abträgliche Beurteilung durch die Umwelt führt zu Versuchen, die gesellschaftliche Anerkennung, ohne die der einzelne nicht zu existieren vermag, trotz allem zu erlangen, aber gerade dadurch daß ihm die legalen Möglichkeiten verwehrt werden, gerät er in den Augen der anderen auf Abwege, was hinwiederum das Gruppenvorurteil zu bestätigen scheint.

Nach dem Vorfall mit dem Förster steigert sich Friedrichs Verhalten der Gesellschaft gegenüber zu einem aggressiven Imponiergehabe. „Friedrich ward desto lauter; er versäumte keine Kirchweih oder Hochzeit, und da ein sehr empfindliches Ehrgefühl ihn die geheime Mißbilligung mancher nicht übersehen ließ, war er gleichsam immer unter Waffen, der öffentlichen Meinung nicht sowohl Trotz zu bieten, als sie den Weg zu leiten, der ihm gefiel." Friedrichs eigentlicher Gegner sind die starren Normen der geschlossenen Gesellschaft, die er nur dadurch übertönen kann, daß er keine Gelegenheit verstreichen läßt, sich und seine scheinbar soliden wirtschaftlichen Verhältnisse unentwegt zur Schau zu stellen.

Tief muß es ihn daher treffen, als Johannes, der Friedrich wie der drohende Schatten der Desintegration verfolgt, auf einer Hochzeit beim Diebstahl eines halben Pfunds Butter ertappt wird. „... seine Würde war verletzt, das allgemeine Gelächter schnitt ihm durch die Seele ...", heißt es kommentierend zu Friedrichs Zustand. Aber diese Demütigung ist nur das Vorspiel für den kurz darauf folgenden vernichtenden Schlag gegen sein gesellschaftliches Ansehen. Der Jude Aaron hat sich unter die Hochzeitsgesellschaft gemischt und fordert von Friedrich die Bezahlung für eine Uhr, die er ihm bereits lange vorher geliefert hat. Mit einem Schlag sind Friedrichs verzweifelte Anstrengungen, die Anerkennung der Dorfgemeinschaft zu erzwingen, zunichte gemacht. Sein Verlassen der Hochzeit deutet anschaulich auf den nun endgültigen Zustand seiner Ausgeschlossenheit hin. Bezeichnend ist in diesem Zusammenhang auch die Behandlung des Juden. Scherzhaft gemeinte Vorschläge wie: „Packt den Juden! Wiegt ihn gegen ein Schwein!" zeigen deutlich die Mißachtung, die man dem Angehörigen einer Minorität entgegenbringt, und verraten darüber hinaus die Befangenheit in Gruppenvorurteilen, denen auch Friedrich letzten Endes erlegen ist.

Als drei Tage nach diesem Vorfall die Leiche des ermordeten Juden gefunden wird, fällt der Verdacht sofort auf Friedrich. Lakonisch heißt es: „Der Anklage bedurfte es nicht." Das Ansehen Friedrichs ist ohnehin durch die Vorkommnisse während der Hochzeitsfeier auf einen absoluten Tiefpunkt gesunken und wiederum ist man nur allzu schnell bereit, dem Außenseiter die kriminelle Tat anzulasten. Dem aufmerksamen Leser kann es jedoch nicht entgehen, daß der scheinbar Schuldige sich bis zu diesem Zeitpunkt im Hause seiner Mutter in Sicherheit gewiegt hat. Ein Verhalten, das um so merkwürdiger anmutet, als Friedrich unter der Voraussetzung seiner Täterschaft ständig mit der Entdeckung der Leiche rechnen mußte und dann der Verhaftung kaum hätte entgehen können. Wie die Dinge jedoch liegen, kommen an dieser Stelle zumindest erste Zweifel an Friedrichs Täterschaft auf, zumal seiner Flucht, der sich auch Johannes anschließt, unmittelbar vorangeht, daß die Magd des Amtsschreibers die Nachricht von dem grausigen Fund verbreitet hat.

Geht man nicht von vornherein von seiner Schuld aus, so könnte sich in der Flucht Friedrichs die durch den Försterprozeß vorbereitete Erfahrung niederschlagen, daß man den Außenseiter, befangen in Vorurteilen, als eine Art Prügelknaben behandelt, dem man die Schuld an allen abnormen Vorkommnissen zuschiebt.

Überdies scheint für Friedrich ja auch ein eindeutiges Motiv vorzuliegen. Dennoch verstärken sich in der Folgezeit die Zweifel, die sich vor allem auf einen Brief des Gerichtspräsidenten stützen können. Dort heißt es: „Ein Mitglied der Schlemmingschen Bande ... hat im letzten Verhöre ausgesagt, daß ihn nichts so sehr gereue als der Mord eines Glaubensgenossen, Aaron, den er im Walde erschlagen ..." In diesem Licht stellt sich Friedrichs Flucht nicht etwa als Eingeständnis der Täterschaft, sondern als Höhepunkt der Desintegration dar, die sich im Verlassen der Hochzeitsgesellschaft bereits deutlich angekündigt hatte. Es bedurfte auf dem Hintergrund seiner bisherigen Erfahrungen keines großen Scharfsinns von Friedrich auf den sofort gegen ihn sich entzündenden Verdacht zu schließen, nachdem man den Ermordeten entdeckt hatte. Der Versuch, sich in die Gesellschaft zu integrieren, ist damit endgültig gescheitert. Zu starr und unnachgiebig sind die tradierten Normen, die die äußere Erscheinungsweise als untrügliche Bedingung des Urteils annehmen, während sich der dynamische Aspekt des Aufstiegs, der zunächst zu triumphieren schien, in letzter Konsequenz als wirkungslos erweist.

Erst nach 28 Jahren kehrt Friedrich Mergel aus türkischer Sklaverei in sein Heimatdorf zurück. In Unkenntnis der bisherigen Entwicklung gibt er sich als Johannes Niemand aus. Aber selbst als man ihn wissen läßt, daß man davon überzeugt sei, daß Mergel den Juden nicht erschlagen habe, wahrt er sein Inkognito. Insofern stellt die falsche Angabe weniger den Versuch dar, der gerichtlichen Strafe zu entgehen als den symbolischen Ausdruck für den absoluten Verlust der Identität.

Die fortgesetzte gesellschaftliche Ächtung, die sich jeweils stärker erwies als die immer nur vorübergehende oberflächliche Anerkennung, hat die Persönlichkeit Friedrichs ausgelöscht. Aus ihm ist in der Tat ein Niemand geworden, ein von der rigiden gesellschaftlichen Normenstruktur zum Außenseitertum Verurteilter, der nur im Rahmen der Gruppe zu sich selbst hätte finden können. Sein abgelegtes verkümmertes Spiegelbild, das ihn selbst während der kurzen günstigeren Beurteilungsphase wie ein Schatten verfolgt hatte, hat nun endgültig die Oberhand gewonnen. Es ist bezeichnend, daß der eigentliche Johannes von diesem Zeitpunkt an aus dem Blickfeld verschwunden ist. Eine eindrückliche Symbolhandlung für den nicht mehr wiedergutzumachenden Identitätsverlust stellt am Ende noch einmal das Zerschneiden des Löffels dar. Im sich anschließenden selbstgewählten Erhängungstod dokumentiert sich die ausweglose Verzweiflung des Menschen, dem der Zutritt zur Gesellschaft auf Grund von Gruppenvorurteilen versagt worden ist und der in der Gewißheit, auf sich selbst zurückgeworfen zu sein, notwendig verkümmern muß.

Aber noch über den Tod hinaus ist er den Normen der Dorfgemeinschaft unterworfen, die in dem Erhängten Friedrich Mergel erkennt und für die sein Freitod als äußeres Indiz einem eindeutigen Eingeständnis seiner Mordschuld gleichkommt. In den Augen des Dorfes hat sich die Inschrift in der Buche bestätigt, und es kann darüber hinaus nicht zufällig sein, daß sich der Täter an dem Ort erhängt, wo er seine Tat begangen hat.

Übertragungen dieser Art müssen jedoch im Gesamtzusammenhang der Novelle mit einiger Skepsis betrachtet werden. Zeigte sich doch schon im Urteil der Leute, die jeweils von der äußeren Erscheinungsweise ausgingen, ein nicht zu übersehender Unsicherheitsfaktor, der erhebliche Schwankungen im Urteil selbst hervorrief. War es unzulässig, Friedrich nur auf Grund seiner Herkunft und der bedauerlichen Umstände in seinem Elternhaus abzuqualifizieren, so erschien es zumindest vorschnell, ihn wegen der zur Schau gestellten scheinbaren Besserung seiner Verhältnisse zunächst zu akzeptieren. Ebensowenig beweiskräftig im Blick auf die Mordschuld erwies sich Friedrichs plötzliche Flucht, denn der Brief des Gerichtspräsidenten ließ unerwartet alles in einem andern Licht erscheinen. Der Schluß von der bloßen Erscheinung auf das Wesen zeigt also einen erheblichen Unsicherheitsgrad und rückt das scheinbar so sichere Urteil in die Nähe des Vorurteils. Das gleiche gilt sowohl für die Bauminschrift und den Tatort als auch für den selbstgewählten Erhängungstod, der zwar Ausdruck des Sühnewillens sein kann, es aber nicht notwendig zu sein braucht. Auf jeden Fall ist es unzulässig, ihn als eindeutiges Eingeständnis zu werten, zumal, wie gezeigt werden konnte, auch andere Erklärungsmöglichkeiten naheliegen. Die Unentschiedenheit im Urteil, ja die Unmöglichkeit, zu einem letztgültigen Urteil zu gelangen, scheint die zentrale Intention der Novelle zu sein.

Gleich in den Eingangsversen wird warnend von des „Vorurteils geheimen Seelendieb“ gesprochen und angeraten, die Waagschale des Urteils niederzulegen, da offenbar jedes Urteil über den Mitmenschen den Keim der Ungerechtigkeit bereits in sich trägt und den anderen in seiner Selbstentfaltung notwendig einschränken muß. Solche Haltung wird noch dadurch gestützt, daß die Droste hier ein authentisches Geschehen bearbeitet, das sich im Dorfe Bellersen im Kreis Höxter tatsächlich zugetragen hat. So entschuldigt sie sich beim Leser angesichts einer Reihe unaufgeklärter Tatbestände: „Aber dies alles hat sich wirklich zugetragen; ich kann nichts davon oder dazutun.“ Die Wirklichkeit scheint sich auf Grund ihrer Komplexität jedem absoluten Urteil zu entziehen, und derjenige, der sich trotz allem einen Urteilsspruch anmaßt, verfängt sich über kurz oder lang in Irrtum und Vorurteilen.

Der authentische Ansatz verwirklicht die novellistische Objektivität in hohem Grade. Objektiver Erzählerbericht mit intensiver Raffung wechselt ab mit personaler Darbietungsweise, in deren Rahmen sich die einzelnen Personen in direkter Rede vor den Augen des Lesers entfalten und ihre Konfliktsituationen darlegen. Neben den objektiven Formen des äußerst gedrängten epischen Berichts und der personalen Darstellung läßt sich jedoch auch die subjektive Seite nicht leugnen, die sich vor allem in den Eingangsversen konstituiert. Die hier zutage tretende Subjektivität besteht vor allem in der direkten Aufforderung an den Leser, sich im Urteil gegenüber den im Stil einer Dokumentation wiedergegebenen Ereignissen und Konflikten maßvoll zurückzuhalten, da die Realität offensichtlich immer nur bruchstückhaft erfahrbar ist. Aus der Perspektive dieses Standpunkts stellt sich die Objektivität des Geschehens als bedingt dar durch das notwendig unvollständig zur Verfügung stehende Material. Eine solche sich selbst bescheidende, in der Novellenstruktur bereits angelegte Einstellung ist um so bedeutsamer, als ja gerade das sich seiner selbst stets sichere Urteil zur Quelle der ungerechten Zurücksetzung des Mitmenschen werden muß, wie der Fall Friedrich Mergel mit aller Deutlichkeit zeigt. Die Gruppe, die sich im Besitz untrüglicher Urteilskategorien glaubt und über den einzelnen den Stab bricht, übt die Tyrannei relativ statischer Gruppennormen über die dynamischen Normen des einzelnen aus und treibt den letzteren in eine verzweiflungsvolle Isolation.

Der Bezug zur gesellschaftlichen Wirklichkeit um 1842, dem Erscheinungsjahr der Novelle, liegt auf der Hand. Wie die einleitend zitierten Briefstellen zeigen, hat die Droste den unerträglichen Druck der restaurativen Zensurorgane durchaus empfunden. Die Amtsenthebung der Göttinger Professoren, auf die sie hinweist, veranschaulicht wie kein anderes Ereignis der Zeit die bedingungslose Unterdrückung liberaler Tendenzen im Glauben an die Machtvollkommenheit und Unfehlbarkeit des ancien regime. Die spätestens seit der Französischen Revolution angestaubten Normen des Absolutismus wurden weiterhin hochgehalten und mit zunehmender Gewalt gegen die Ansprüche des einzelnen durchgesetzt. Individuelle Auflehnung bzw. individuelle Verkümmerung mußten angesichts des kollektiven Anpassungsdrucks die Folge sein.

Solche gesellschaftlich bedingte Erfahrung schlägt sich anschaulich in den Ereignissen und Konflikten der Novelle nieder. Schon die Wahl einer agrarischen Gesellschaft als sozialen Hintergrunds ist nicht zufällig, denn in diesem Rahmen hielten sich konservative Orientierungsschemata von jeher am längsten. In dem starren Normengefüge der Dorfgemeinschaft ließen sich die allein durch die Tradition legitimierten Wertvorstellungen absolutistischer Gesellschaftsordnung überzeugend spiegeln. Deutlich wird die patriarchalische Strukturierung. Der Gutsbesitzer übt die Gerichtsbarkeit mehr oder weniger nach Gutdünken aus, und der Untergebene gehorcht wohl oder übel. Von den Untergebenen werden im Laufe der Ereignisse nur wenige einzeln herausgehoben, da sie ohnehin durch die Konformität der Gruppe charakterisiert sind. In einer hierarchisch derart festgelegten Rangordnung mit fixierten Rollen bilden sich notwendig fest umrissene Normerwartungen bei hohem Internalisierungsgrad aus. Die Kollektivnormen triumphieren ausnahmslos über den einzelnen, der versucht, sich über sie hinwegzusetzen. In diesem Sinne stellt die Dorfgemeinschaft ein Mikroabbild restaurativer Kollektivierung dar. In dem Umstand, daß sich in den Ereignissen um die Mitte des 18. Jahrhunderts noch die Zustände um die Mitte des nächsten Jahrhunderts spiegeln lassen, zeigt sich die Stagnation der gesellschaftlichen Entwicklung.

Friedrich Mergel besteht innerhalb dieses starren Rollensystems auf seinen Bedürfnissen zur Selbstdarstellung, indem er sich über die determinierenden sozialen Bedingungen hinwegzusetzen versucht. Sein Blick ist einzig und allein gerichtet auf die Steigerung seiner sozialen Geltung durch die Entwicklung von Eigeninitiativen. Friedrichs erster Lebensabschnitt bis zu seiner Flucht stellt den trotzigen Versuch dar, sich selbst zu verwirklichen und dennoch oder gerade deswegen ein respektiertes Glied der Gesellschaft zu sein. Aber der Versuch mißlingt. Das Verlassen der Hochzeitsgesellschaft, die Flucht, die Ablegung seines Namens bei der Rückkehr, der selbstgewählte Erhängungstod abseits des Dorfes und schließlich die Bestattung auf dem Schindanger veranschaulichen in steigernder Konsequenz, wie der auf dem Wert der Einzelpersönlichkeit insistierende Mensch Opfer eines starren Normensystems wird. Der einzelne zerbricht an dem kollektiven Anpassungsdruck der Gruppe, weil er sich weigert, dem Rollenbild zu entsprechen, das man sich von ihm gemacht hat. In der Gestalt Friedrich Mergels bildet sich exemplarisch die Tragik des einzelnen in der Restaurationsgesellschaft ab.

Bemerkenswert ist dabei die realistische Nüchternheit der Darstellung. Die den Erzählstoff gliedernden Zeitangaben rücken die Novelle in die Nähe einer Chronik. An die Stelle der Antizipation eines besseren gesellschaftlichen Zustandes tritt die nüchterne Dokumentation eines Lebens unter massivem äußeren Druck. In dem Vierteljahrhundert zwischen dem Wiener Kongreß und der Abfassung der Novelle hatten sich die restaurativen Kräfte derart stabilisiert, daß die Utopie einer gerechteren Gesellschaft nicht länger glaubhaft erschien. Revolutionäre Aspekte, wie sie sich gleichzeitig in den Schriften der Jungdeutschen artikulierten, lagen der Droste schon allein auf Grund ihrer Zugehörigkeit zur Aristokratie fern. So blieb in der Tat kein anderer Ausweg, als dem Anpassungsdruck vorläufig nachzugeben und die Übermacht der gesellschaftlichen Restriktionen zu akzeptieren.

Es wäre jedoch verfehlt, in der Novelle einen affirmativen Beitrag zur restaurativen Gesellschaftspolitik zu sehen, da der individuelle Konfliktfall, deutlich akzentuiert, im Zentrum der Ereignisse steht und die Gruppe in vorurteilshafter Befangenheit vorgeführt wird. Die Eingangsverse mit ihrer Warnung vor allzu vorschnellen Urteilen tun ihr übriges, um die Dorfgemeinschaft geradezu als Gegenbild zu einer toleranzübenden humanen Gesellschaft darzustellen. Insofern treten die kritischen Intentionen der Novelle klar hervor, die noch vertieft werden durch die offenbare Abwesenheit karitativen Mitgefühls, zu dessen Verwirklichung eingangs in der Form imperativischer Sätze aufgerufen wird. Die Diskrepanz zwischen diesem Appell und den geschilderten realen Verhältnissen muß daher als der Versuch einer leserbezogenen Aktivierung gewertet werden.

Der abschließende Satz der Novelle mit seinem auf das Alte Testament zurückweisenden Kerninhalt der gnadenlosen Vergeltung ist zwar in seiner Aggressivität auf dem Hintergrund des jüdischen Minoritätenbewußtseins verständlich, kann aber unmöglich das letzte Wort sein in der Auseinandersetzung des Individuums mit seinem sozialen Kontext. In symbolischer Verdopplung ist auch hier die Aggression als Folge des Ausgestoßenseins erkennbar, aber gerade solche Erkenntnis fordert das Gebot christlicher Nächstenliebe heraus, wie es in den Eingangsversen zum Ausdruck kommt. So deutet sich in der praktischen Nächstenliebe, die sich in der Überprüfung und letztlichen Überwindung von Voruteilen äußern müßte, eine Lösungsmöglichkeit des geschilderten Konflikts an.

In diesen Zusammenhang gehört auch das Weihnachtslied, das den Menschen Erlösung aus dem Geist der Liebe verheißt und sich dem versöhnlichen Charakter der Eingangsverse anfügt. Es ist sicherlich nicht bedeutungslos, wenn die Droste die Hinweise auf eine Konfliktlösung im christlichen Sinn in prosodischer, endgereimter Sprache einkleidet, während die Realität in prosaischem Chronikstil dargeboten wird. Insofern spiegelt sich die Diskrepanz von Appell und Realität bereits in der Wahl unterschiedlicher Stilebenen. Erst in der Überwindung starrer Urteilsmechanismen, die den einzelnen in normierte Schablonen pressen, liegt eine Chance zur Auflösung der dokumentierten Tragik. Eine solche Auflösung kann aber nur dann erfolgen, wenn man bereit ist, dem Mitmenschen mit der Liebe zu begegnen, die den eigentlichen Kerninhalt des Neuen Testaments bildet und sich gerade im Weihnachtsgeschehen anschaulich manifestiert.

In letzter Konsequenz steht die Dorfgemeinschaft und mit ihr in symbolischer Brechung die restaurative Umgebung im Lichte der Novelle im Widerspruch zu der christlichen Liebesbotschaft des Neuen Testaments, das zur Quelle des an den Leser gerichteten Appells wird und dessen Verwirklichung für die Droste die unabdingliche Voraussetzung ist für die Harmonisierung individueller und kollektiver Ansprüche.

VIII. Conrad Ferdinand Meyer: Die Richterin

Die 1885 zuerst erschienene Novelle wirkt auf den ersten Blick fremd und dem Verständnis des modernen Lesers entrückt. Dies hat vor allem seinen Grund in der Wahl des geschichtlichen Hintergrunds, der den Leser in die Zeit Karls des Großen versetzt, in der relativ hohen Stilwahl und nicht zuletzt in der recht unwahrscheinlichen Parallelisierung von naturhaften und psychologischen Vorgängen, ein Kunstgriff, auf den noch näher einzugehen sein wird. Die Fremdheit des Geschehens und seiner Einkleidung hat dann auch dazu geführt, daß die Literaturgeschichtsschreibung immer nur am Rande von dieser Novelle Notiz genommen hat, und das, obwohl Zeitgenossen wie Dahn und Heyse das Werk bei seinem Erscheinen enthusiastisch begrüßten und Meyer selbst es unter seine besten Produktionen rechnete. Die Erklärung einer solchen Divergenz im Urteil kann nur auf dem Wege einer eingehenden Analyse erfolgen.

Auffallend ist beim Einsetzen des novellistischen Geschehens in Rom die herausragende Figur Karls des Großen, der, verglichen mit einem Cherub, als christliche Herrschergestalt auf der Schwelle zwischen Christentum und Heidentum entgegentritt. Damit ist von vornherein ein Akzent gesetzt, der nicht ohne Einfluß auf die folgenden Ereignisse bleiben kann, zumal das unmittelbare Eingreifen des Kaisers die Novelle auch später beschließt. Der anfängliche Schauplatz Rom, der Umstand, daß Karl beim Kirchgang vorgestellt wird und schließlich die rahmenbildende Funktion des Kaisers lassen die christliche Orientierung, als deren exponierter Repräsentant Karl erscheint, deutlich werden. Um so überraschender ist es daher, daß die beherrschenden Ereignisse der Novelle in einen akzentuiert heidnischen Bezugsrahmen gestellt sind.

Schon zu Anfang wird das Motiv heidnischer Weltsicht durch den ausführlichen Hinweis auf das Hifthorn Wulfrins angeschlagen. In deutlicher Antithetik dazu stehen die kirchlichen Gesänge, die aus der Kapelle zu Wulfrin und Graciosus herüberdringen. In der Unterhaltung zwischen ihnen wird durch den Hinweis auf den ungeklärten Tod von Wulfrins Vater ein Kriminalgeschehen in Gang gesetzt, das im folgenden ganz im Zeichen der Detektion und Demaskierung steht. Wulfrin sieht sich nur ungern an seine Stiefmutter, die Richterin in Rätien, erinnert und weigert sich, ihrer Bitte nachzukommen, sie wegen des nunmehr fünfzehn Jahre zurückliegenden Todes seines Vaters zur Rechenschaft zu ziehen. Obwohl die näheren Umstände nie völlig geklärt werden konnten — der Comes Wulf war damals nach dem Begrüßungstrunk, den ihm seine Frau gereicht hatte, tot umgefallen — hält Wulfrin die Richterin Stemma für schuldlos und zögert auch später nicht, diese Überzeugung öffentlich zu verkünden.

Eine zufällige Verknüpfung der Ereignisse führt Wulfrin kurz darauf dennoch nach Rätien zur Burg Malmort, in deren Umgebung die Haupthandlung spielt. Der Schauplatzwechsel geht einher mit einem totalen Wandel des Gesamtperspektivismus. An die Stelle des zivilisierten christlichen Rom tritt die ungebärdige Szenerie der Schweizer Bergwelt, in der heidnische Vorstellungen und Orientierungen weiterhin deutlich zutage treten. Schon das Kastell Malmort, das wie aus dem Felsen gewachsen, selbst ein Stück Natur zu sein scheint, verweist auf einen vorchristlichen ungebändigt-naturhaften Zustand. Palma, die Tochter der Richterin, gehört ganz und gar dieser Welt an. Zum Schutze ihres Bruders dessen Ankunft sie ungeduldig erwartet, wendet sie sich, befangen im Aberglauben der alten Zeit, an die Zwerge und murmelt den zaubertüchtigen Willkommensspruch auf den Wulfenbecher, der zum Hifthorn Wulfrins korrespondiert. Die Richterin selbst wird als behelmte Frau mit strengen Zügen eingeführt. Selbstbewußt und gewohnt, Befehle zu erteilen, tritt sie dem Leser von vornherein entgegen. Unverkennbar bilden sich in ihr die heroisch-heidnischen Züge vorchristlicher Zeit ab. Und doch ist auch dieses Bild nicht frei von Gegensätzen. Als Palma der Mutter den Helm abnimmt, so „daß die Flechten des schwarzen Haares sich lösten und niederrollend dem entschlossenen Haupte der Richterin einen jugendlichen und leidenden Ausdruck gaben", wird plötzlich hinter dem heldischen Erscheinungsbild ein anderer Mensch sichtbar. Selbstbewußtsein und Leid, Entschlossenheit und eine eigentümliche Passivität stehen sich unverbunden gegenüber und formen ein im ganzen antinomisches Charakterbild.

Die antithetische Spannung ist die eigentliche strukturelle Verbindung zwischen dem ersten Teil der Novelle, der in Rom einsetzt, und dem zweiten auf dem rätischen Schauplatz spielenden Teil. Heidnische und christliche Motive durchdringen sich hier wie dort und lassen bereits früh unterschiedliche Menschenbilder erkennen, deren Unvereinbarkeit auch im Aktionsraum der handelnden Personen ihren Niederschlag findet.

Stemmas Bitte an Wulfrin, sie wegen des plötzlichen Todes des Vaters zur Rechenschaft zu ziehen und die frühe Andeutung ihres seelischen Leidens, dessen Quelle allerdings noch verborgen bleibt, bilden die Spannungsmomente der Novelle und konstituieren ihre kriminalistische Struktur. Folgerichtig läßt sich der gesamte Erzählvorgang daher als fortschreitender Demaskierungsprozeß beschreiben, dessen erste Stufe in der Begegnung der Richterin mit Faustine erreicht wird. Faustine gesteht, ihren zweiten ungeliebten Mann vergiftet zu haben, nachdem sie bemerkt hatte, daß sie von ihrem ersten durch einen Unfall ums Leben gekommenen Mann ein Kind erwartete. Nun verlangt sie von der Richterin das erlösende Todesurteil. Doch Stemma weigert sich mit dem Hinweis auf die Verjährung der Schuld und gibt der Gleichaltrigen den Rat, sich der Kirche zu unterwerfen. Faustine reagiert bezeichnend: „Gott sei davor, daß eine Missetäterin wie ich seiner heiligen Kirche nicht gehorche. Aber anders wäre es einfacher gewesen." Trotzige Selbstbehauptung, wie sie sich auch in der Ermordung des Mannes äußerte, und christlich motivierte Gewissensnot liegen im Widerstreit. Erst das ethische Postulat des Christentums bedingt das schuldbeladene Bewußtsein und verlangt die bedingungslose Unterwerfung des einzelnen, der nach vorchristlich-heroischen Maßstäben gemessen, durchaus ein Recht auf die Behauptung seiner elementaren Ansprüche besitzt.

Faustinens Fall, wie zufällig in das novellistische Geschehen eingefügt, gibt in indirekter Gestaltung für das seelische Leid der Richterin eine Erklärung. Der Willkommenstrunk, den sie ihrem Mann seinerzeit gereicht hat, sein plötzlicher Tod und die Andeutungen gewisser psychischer Belastungen stellen unübersehbare Parallelen zum Schicksal Faustinens dar. Ein deutlicher Unterschied besteht jedoch in der bereits in der Namengebung signalisierten trotzigen Verschlossenheit Stemmas, die keineswegs bereit scheint, sich selbst preiszugeben wie ihre gleichaltrige Gespielin früherer Tage, sondern sich gleichsam mit allen Kräften gegen ein Schuldeingeständnis stemmt. Da schon zu Anfang mit den Mitteln der Indirektion an der Schuld der Richterin kaum ein Zweifel gelassen wird, geht es weniger um die detektivische Fragestellung nach dem wahren Täter, sondern um die existentielle Problemspannung zwischen offenbarer Schuld und ihrer

Verschleierung, zwischen den Ansprüchen einer kollektiven Ethik und dem Beharren auf individueller Behauptung.

Noch vor der Ankunft Wulfrins auf Malmort wird eine zweite Demaskierungsphase in der Form eines enthüllenden Traums eingeschoben. Am Lager ihrer Tochter erscheint der Richterin in traumhafter Vergegenwärtigung der eigentliche Vater Palmas, ein Kleriker, den Stemmas Vater seinerzeit hatte töten lassen wegen der unerlaubten Liebesbeziehung zu seiner Tochter. In zweierlei Hinsicht ist dieser Traum aufschlußreich. Zum einen wird die Parallelität zwischen den Schicksalen Faustinens und Stemmas nun endgültig offenkundig, und zum andern offenbart sich der unbeugsame Wille der letzteren zur Selbstbestimmung. Selbst noch im Traum unter dem Andrang des Unbewußten und nur mühsam verdrängten Schuldgefühls versucht sie ihr Gesicht zu wahren, indem sie die heroische Seite ihres Wesens gegen die sensiblere Natur der Traumgestalt mobilisiert. Nicht so sehr aus Liebe, sondern „aus Trotz und Auflehnung" hatte sie sich damals dem Kleriker verbunden, wie es nun heißt, da ihr Vater sie dem um vieles älteren Comes Wulf bereits versprochen hatte. Im Bewußtsein, daß damit ihr Recht, über sich selbst zu bestimmen, auf das tiefste verletzt war, wendete sie sich dem anderen zu, und erst als dieser durch ihren Vater den Tod gefunden hatte, fügte sie sich zunächst in ihr scheinbar unabänderliches Schicksal.

Aber schon in dieser Phase der Aufdeckung der Vorgeschichte wird klar, daß der heroische Individualismus Stemmas eine Unterdrückung des eigenen Selbst auf die Dauer nicht zu ertragen vermag. Ihr Anspruch auf Selbstverwirklichung entwickelt sich in der Folgezeit zum eigentlichen Tatmotiv. Wieder stehen sich heidnischer Heroismus und christliche Devotionshaltung konfliktträchtig gegenüber.

In dieser Konfrontation liegt gleichzeitig der Schlüssel für die Erschließung des aktuellen Gehalts der Novelle und auch die Erklärung für die Wahl des zunächst befremdlichen geschichtlichen Hintergrunds. Im ausgehenden 19. Jahrhundert hatten die mannigfachen technisch-zivilisatorischen Errungenschaften und die vom aufstrebenden Bürgertum getragenen demokratischen Initiativen, die insbesondere in der Schweiz deutlich zutage traten, zu einer weitgehenden Vereinheitlichung geführt, die von Kulturkritikern wie Nietzsche als Nivellierung empfunden wurde. „Der Mensch, welcher nicht zur Masse gehören will", schreibt Nietzsche 1874, „braucht nur aufzuhören, gegen sich bequem zu sein; er folge seinem Gewissen, welches ihm zuruft: sei du selbst!" In Nietzsches wie in Meyers Bewußtsein war unter dem Einfluß des Christentums an die Stelle des nur an sich selbst gebundenen und nur an sich selbst zu messenden Individuums ein humanitärer Durchschnittstyp getreten, gegen den der Philosoph ein pagan-antikes und Meyer in seiner Novelle ein heroisch-germanisches Gegenbild zu stellen versuchte. Die Ergebnisse, die sich im Kampf um die Befreiung des einzelnen aus den Fesseln obrigkeitsstaatlicher Bevormundung abzuzeichnen begannen, zeigten in den nivellierenden Tendenzen nun auch ihre bedrückenden Schattenseiten. In zunehmendem Maße in eine Gesellschaft integriert, die sich im christlichen Sinne als betont antiheroisch verstand, sah sich der einzelne in seinem individuellen Entscheidungsraum empfindlich eingeengt. Insofern ist der Gegensatz von paganer und christlicher Weltsicht in der Novelle von aktueller Brisanz und schlägt sich nieder in den personalen Konstellationen wie in der symbolisch-sprachlichen Gestaltung und in der Erzählstruktur. Erst auf diesem Hintergrund gewinnt die Gegensätzlichkeit der Schauplätze Rom und Malmort, aber auch die Gegensätzlichkeit von Gestalten wie Wulfrin und Graciosus ihre tiefere Begründung. Während Wulfrin energisch und selbstbewußt auftritt, wirkt Graciosus scheu und zurückhaltend. Heldisches und Christliches, bei Graciosus noch dadurch betont, daß er als Neffe des Bischofs vorgestellt wird, werden auch hier konfrontiert, und es ist bezeichnend, daß Wulfrin den sanfteren Graciosus im Bewußtsein Palmas fast ganz zu verdrängen scheint. Parallel dazu verläuft, wie bereits im Schauplatzwechsel angekündigt, ein Zurückweichen christlicher Orientierung. Überhaupt ist die angedeutete Konfrontation der Werte auslösendes Moment des Kriminalfalls. Erst die Auflehnung gegen die Fremdbestimmung läßt Stemma entgegen den Geboten einer christlichen Unterwerfungsethik zur Mörderin an ihrem Mann werden. Aber gerade die trotzige Behauptung ihres Selbst muß in einer christianisierten Umwelt unweigerlich zur Zuspitzung des Konflikts führen, der im folgenden zur dritten Demaskierungsphase überleitet.

Im Mittelpunkt dieser Phase steht die Begegnung zwischen Palma und Wulfrin, der immer deutlicher erkennen muß, daß er seiner angeblichen Halbschwester in leidenschaftlicher Liebe zugetan ist. Ihr gemeinsamer durch die Wildheit des Gebirges führender Weg zu Graciosus, der um Palma wirbt, macht das Erwachen der Leidenschaft überdeutlich, die in breit angelegten Schilderungen in die Naturabläufe projiziert wird. Bei Graciosus selbst kommt es über ein Buch, das in aufdringlicher Symbolik die Geschwisterliebe zum Gegenstand hat, zum ersten Zerwürfnis zwischen Palma und Wulfrin, der darauf in kopfloser Flucht ins Gebirge zurück eilt.

„Er betrat eine Hölle. Über der rasenden Flut drehten und krümmten sich ungeheure Gestalten, die der flammende Himmel auseinanderriß und die sich in der Finsternis wieder umarmten. Da war nichts mehr von den lichten Gesetzen und den schönen Maßen der Erde. Das war eine Welt der Willkür, des Trotzes, der Auflehnung. ... Mitten in der weißen Gischt lag ein Riese, ließ sich den ganzen Sturz und Stoß auf die Brust prallen und brüllte vor Wonne. Wulfrin aber schritt ohne Furcht, denn er fühlte sich wohl unter diesen Gesetzlosen. Auch ihn ergriff die Lust der Empörung ..."

Himmel und Hölle, Reminiszenzen an die heroische Zeit mit ihrer ungebundenen naturhaften Freiheit und Andeutungen einer durch das Gesetz gebändigten Willkür liegen im Widerstreit. Die Parallelisierung zwischen äußeren und inneren Abläufen wird überdeutlich und verweist auf die enge Verbindung zwischen den heroischen Ichansprüchen und einer als gigantisch erlebten Natur. Aber der vorchristlich-pagane Heroismus, wie er sich in der Schilderung gewaltsam Bahn bricht, zeigt auf der anderen Seite seine offenkundige Brüchigkeit. Die anfänglichen in Symbolen eingekleideten Wertungen und Qualifizierungen wie Auflehnung, Empörung und Gesetzlosigkeit verweisen bereits auf ein latentes Schuldgefühl, das die christliche Revision des heidnischen Weltbildes transparent macht. Die naive Kongruenz von naturhaften und psychologischen Abläufen ist nicht länger ungebrochen darstellbar. Unüberhörbar wird der christliche Einfluß in der reflektierenden Wertung des Geschehens. Der Riese, der sich die Wassermassen auf die Brust prallen läßt, ist die hyperbolische Versinnbildlichung eines sich exzessiv auslebenden Individualismus, der aus dem Unterbewußtsein Wulfrins emporsteigt, und in seiner alle Grenzen sprengenden Überdimensioniertheit Verurteilung solch individueller Willkür zugleich. Im Konflikt zwischen Naturzustand und Domestikation spiegelt sich die Polarität zwischen dem einzelnen und der wachsenden Vergesellschaftung im 19. Jahrhundert.

Die Novelle wird zu einem experimentum crucis, das in verfremdender historischer Rückwärtsgewandtheit den Versuch unternimmt, den Freiheitsraum des Individuums in einer Welt auszuloten, die den Menschen mehr und mehr sozial und ökonomisch versachlichten Bedingungen unterwarf.

„Der abendländische Mensch", führt Alfred Weber zu dieser sich bereits im 19. Jahrhundert abzeichnenden Problematik aus, „hat durch seine welterobernde Technik ein Zwischenreich zwischen sich und der Natur geschaffen, in dem er, wenn produzierend, heute weitgehend als Diener einer von ihm selbst geschaffenen Apparatur funktionieren muß, gleichgültig, in welche Sozialstruktur er diese Apparatur einbaut". Meyer reduziert den Konflikt ähnlich wie Nietzsche auf seine weltanschaulichen Prämissen, indem er heroisches Heidentum und antiheroisches Christentum im Wertbewußtsein der handelnden Personen konfrontiert. Die Kollision antinomischer Wertmuster, wie sie Wulfrin an sich selbst erlebt, weist kausal zurück auf das trotzige Beharren Stemmas auf den eigenen Ichansprüchen. Die Intensität des Konflikts drängt jedoch auf eine Lösung der bis zum Zerreißen angespannten Situation und schafft die Voraussetzungen für die entscheidende vierte Demaskierungsphase.

Kurz nach dem Höhepunkt des Konflikts, auf dem Wulfrin seine vermeintliche Schwester mit Gewalt von sich gestoßen hatte, so daß er sogar fürchten mußte, sie getötet zu haben, setzen bei der Richterin Reflexionen ein, die zur völligen Entlarvung ihrer unhaltbaren Position zwischen Richteramt und eigener Verschuldung führen müssen. „War es denkbar, daß sich die Natur so verirrte? daß ein so lauterer Mensch in eine solche Sünde verfiel? ... So hätte die Richterin ohne Zweifel geforscht und untersucht, wäre sie nicht Stemma und Palma nicht ihr Kind gewesen." Etwas weiter heißt es dann noch deutlicher: „Jetzt begann es mit einem Male vor ihr aufzutauchen, die Sünde des Unschuldigen sei das gegen sie selbst heranschreitende Verhängnis." Selbst die starke Persönlichkeit Stemmas kann sich auf die Dauer der Verantwortung vor der Gesellschaft nicht entziehen. Ihr trotziges Beharren auf der persönlichen Autonomie führt nicht nur zur Diskrepanz zwischen ihrem Richteramt und der eigenen schuldbeladenen Vergangenheit, sondern ruft nun auch Konfliktsituationen in ihrem weiteren gesellschaftlichen Umfeld hervor, indem das Lebensglück der eigenen Tochter und das ihres Stiefsohns gefährdet erscheinen.

Ihr abschließendes öffentliches Geständnis wird vorbereitet durch die Bloßlegung ihres verdrängten Schuldgefühls, das sich angesichts der konfliktträchtigen Situation offenbar nicht mehr länger zurückhalten läßt. „Da hatte sie ein Gesicht. Sie erblickte mit den Augen des Geistes durch die dämmernde Wand, weit in der Ferne und doch ganz nahe, ein gewaltiges Weib von furchtbarer Schönheit." Anfänglich deutet Stemma die Vision als Selbstbild, doch dann scheint sich ihr in der gewaltigen Frau die Figur der Justitia selbst zu verkörpern. Noch einmal bäumt sie sich gegen den inneren Schuldspruch auf. Als sie jedoch plötzlich den Ton des Wulfenhorns hört, ist es endgültig um ihre mühsam bewahrte Selbstbeherrschung geschehen, und vor dem steinernen Sarkophag ihres Mannes bekennt sie sich zu ihrer Mordschuld. Der Umstand jedoch, daß Palma Zeugin dieses Geständnisses wird, das hier noch ganz den Charakter des trotzig aufbegehrenden Selbstgesprächs im Sinne einer Rechtfertigung hat, führt dann in unweigerlicher Konsequenz zur endgültigen Entlarvung der Richterin. Zwar läßt Stemma in der Folgezeit nichts unversucht, ihre Tochter von der Notwendigkeit des Stillschweigens zu überzeugen, aber Palmas absolute Integrität zusammen mit ihrer Liebe zu Wulfrin verurteilen alle derartigen Versuche von vornherein zum Scheitern. Palmas beharrliches Rechtsbewußtsein läßt den trotzigen Widerstand der Richterin zusammenbrechen. „Stemma sah eine Sterbende. Da starb auch sie. Ihr Herz stand stille. Ein Todeskampf verzog ihr das Antlitz ... Dann verklärte sich das Angesicht der Richterin, und ein Schauer der Reinheit badete sie vom Haupt zur Sohle.“ Der konsequent ins Psychische verlegte Wendepunkt signalisiert die Kapitulation des horischen einzelnen vor den sozialen Ansprüchen. Die Liebe zu ihrer Tochter macht Stemmas Anspruch auf die eigene heldisch gefärbte Persönlichkeit zunichte.

Was sich hier im eigentlichen ankündigt, ist der Primat der christlichen Sozialethik, die das vorchristliche Herrenmenschentum überwindet. Die technisch-zivilisatorische Erdverkleinerung im Zusammenhang mit der wachsenden Vergesellschaftung im 19. Jahrhundert hatte über die expansive Aktivität und die Eigenverantwortung des einzelnen endgültig den Stab gebrochen. „Nun aber stößt dies Dasein“, führt Alfred Weber über die Existenzbedingungen des Menschen am Ende des 19. Jahrhunderts aus, „nachdem es die Erde umgriffen und auf den Weg äußerlich unentrinnbarer Domestikation gezwungen hat, in dieser stolz und herrschaftlich von ihm geformten Welt auf die Tendenzen seiner eigenen Formung ...“ Das Bewußtsein zunehmender Domestikation rief die Erinnerungen an die Zeit heroischer Selbstdarstellung in verklärender Form noch einmal wach. Wagners germanophiles Opernwerk legt dafür ebenso Zeugnis ab wie die Erneuerung der heldischen Ballade durch Börries von Münchhausen. Doch konsequenter als seine Zeitgenossen verweist Meyer auf die Brüchigkeit eines derartig nostalgischen Menschenbildes, indem er seine Richterin trotz aller unverkennbarer Sympathie an den von außen herandrängenden Ansprüchen zerbrechen läßt. Die Liebe wird zur sozialisierenden Kraft, die über die heroische Vereinzelung endgültig den Sieg davonträgt. Damit sind die Voraussetzungen für die fünfte und abschließende Demaskierungsphase gegeben.

Wenn sich Stemma am Ende vor dem Kaiser und dem versammelten Volk öffentlich zu ihrer Schuld bekennt, so ist das sinnbildlicher Ausdruck für die letztlich unausweichliche Integration in eine Gesellschaft, deren ethische Forderungen damit voll bestätigt und anerkannt werden. Die Hybris des aufbegehrenden einzelnen ist gebrochen, und die durch den Kaiser repräsentierte christliche Gesellschaftsordnung wird zum beherrschenden Maßstab für die individuellen Aktivitäten. Im Selbstgericht Stemmas findet der Verzicht auf rückhaltlose Selbstbehauptung seinen tragischen Ausdruck.

Am Ende steht der kaiserliche Urteilsspruch: „Waise! Ich bin dir an Vaters Statt! Begrabe, die deine Mutter war! Dieser folge mir ins Feld! Gott entscheide! Kehrt er zurück und stößt er ins Horn, so freue dich, Palma novella, fülle den Becher und vollende den Spruch! Dann entzündet Rudio die Brautfackel und schleudert sie in das Gebälk von Malmort!"

Wulfenbecher und Wulfenhorn erfahren eine christliche Sinndeutung, indem sie dem göttlichen Urteil unterstellt werden. Malmort als der symbolische Ort hybrider Selbstbehauptung wird der Zerstörung anheimgegeben, so daß in der künftigen Verbindung zwischen Wulfrin und Palma novella, deren Name bereits auf einen Neubeginn hinweist, der Grundstein gelegt werden kann für ein im christlichen Geiste geführtes und an sozialethischen Ansprüchen orientiertes Leben. In diesem Sinne ist auch die vom Kaiser angeordnete Bewährungsphase Palmas und Wulfrins, der noch einmal in den integrativen Zusammenhang des Heeres zurückgerufen wird, zu verstehen. An die Stelle subjektiver Isolierung tritt damit endgültig die überpersönliche Integration, die in historischer Brechung der Gefahr des überspitzten Individualismus im 19. Jahrhundert als Brennpunkt des allgemein menschlichen Verhaltens entgegengestellt wird.

Gerade durch solche Entwicklung konstituiert sich der novellistische Gattungsrahmen. Das subjektive Beharren auf den Ichansprüchen wird zurückgeführt zu der Objektivität der Verantwortung vor der Gesellschaft, indem das Fundament der Existenz Stemmas nach Durchgang durch die einzelnen Demaskierungsphasen sich als trügerisch und scheinhaft herausstellt und auf die Notwendigkeit der Eingliederung in die Gesellschaft verwiesen wird, die allein den Rahmen für ein respektiertes Sein abzugeben vermag. Der Triumph der überpersönlichen Zusammenhänge findet seinen adäquaten Ausdruck in der objektiven Gattungsbestimmung der Novelle und in ihrer gesellschaftlichen Funktion. Das Wort Friedrich Schlegels, nach dem die „Novelle ... die Poesie der guten Gesellschaft" sei, erfährt so eine vertiefte Bedeutung, da die Novelle im vorliegenden Fall die gesellschaftliche Norm konsequent über die individuelle Entfaltung stellt. Von diesem Standpunkt aus muß auch der durch die Auftritte des Kaisers konstituierte Rahmenbau gewertet werden. Karl der Große ist der Garant einer christlich legitimierten Integration. Sein Auftreten markiert Anfang und Ende des novellistischen Prozesses. Gerade der Rahmenbau ermöglicht die integrative Einfassung und die objektive Distanzierung von den Binnengeschehnissen, die zum Schluß notwendig in die übergreifenden Zusammenhänge auf der Grundlage einer sozialethischen Wertung einmünden. Nicht von ungefähr wird die Novelle in einer Zeit wachsender Vergesellschaftung, wie sie das 19. Jahrhundert mit sich brachte, zur dominanten epischen Ausdrucksform. Im Bewußtsein der Menschen, und das gilt insbesondere für die liberale Schweiz, war der obrigkeitsstaatliche Druck am Ende des Jahrhunderts spürbar in den Hintergrund getreten. Aber mit dem aufstrebenden Bürgertum im Rahmen einer industriell vorangetriebenen expansiven Wirtschaftsform ergaben sich neue Probleme für den Wunsch des einzelnen nach Selbstdarstellung. In der Vielfalt sozialer Organisationen, in der Kommunikation auf Veranstaltungen und Versammlungen auf Vereins- und Parteiebene und vor allem durch das Vordringen von Sachproblemen wurden die Ansprüche des einzelnen quer durch alle sozialen Schichtungen zunehmend schwerer darstellbar. Der Übergang der tradierten Gesellschaftsform mit ihren fixierten Rollenbildern zu einer flexibleren Aufstiegsgesellschaft bedrohte das Individuum mit kollektivierenden und nivellierenden Tendenzen.

In diesem sozialgeschichtlichen Zusammenhang stellt die Novelle Meyers den Versuch einer selbstvergewissernden Standortbestimmung dar. Die Widerlegung des heroischen einzelnen unter dem Andrang sozialer Verantwortung wird christlich vertieft, so daß die erwartete Integration, auf diese Weise legitimiert, in breitem Ausmaß nachvollziehbar wird.

Aber auch wenn die von Willenskraft und Tatgeist gekennzeichnete Welt des autonom Persönlichen im ethischen Kontrast mit den gesellschaftlichen Normerwartungen zur Hybris und zum Frevelhaften gesteigert wird, so ist ein elegischer Ton in der Novelle unüberhörbar. Das Ende der Richterin Stemma verweist letztlich auf die tragische Antinomie von Selbstbestimmung und Anpassungsdruck. Im selbstgewählten Tod dokumentiert sich noch einmal die autonome Entscheidung des großen einzelnen, allerdings um den Preis der vitalen Existenz. Die Zeit der eigenverantwortlichen Persönlichkeit ist endgültig vorüber. An ihre Stelle ist die Sozialisationspflicht getreten, die christlich und im Rahmen novellistischer Gattungsgesetze ästhetisch überhöht legitimiert wird. Die Novelle ist der Schwanengesang Meyers auf die Autonomie des Individuums angesichts der gegen Ende des Jahrhunderts verstärkt einsetzenden Vermassung.

Erst die Einbeziehung sozialgeschichtlicher Aspekte kann die anfangs angedeutete Divergenz in der Beurteilung der Novelle erklären. Eine vornehmlich am Werk selbst orientierte Deutung müssen der Stoff wie auch die Gestaltungsmittel fremd und artifiziell erscheinen. Was sich in der Novelle im eigentlichen gespiegelt findet, ist der Übergang von der feudalen zur bürgerlichen Gesellschaft im 19. Jahrhundert aus der Sicht Meyers, für den Feudales und Heroisches eine Einheit bilden. Feudal bezeichnet für Meyer offenbar eine Lebenshaltung, die auf Selbstdarstellung und Autonomie ausgerichtet ist. Demgegenüber steht das am sozialen Verband orientierte bürgerliche Denken, das sich nur auf der Ebene der Integration und der Kooperation entfalten konnte. Es spricht für die realistische Einstellung Meyers, wenn er die heroische Lebensbewältigung im Konflikt mit der sozialen Verantwortung vorführt und das heroische Denken als unzeitgemäß unterliegen läßt.

Insofern ist auch das Handeln Karls des Großen weniger durch Eigenmächtigkeit gekennzeichnet, sondern durch die demütige Unterwerfung unter den Willen Gottes und unter geltendes Recht. Wenn er beim Kirchgang die Waffen ablegt, die rebellierenden Lombarden maßregelt und schließlich die durch die persönliche Willkür durcheinandergeratene Ordnung wiederherstellt, so erweist er sich als Verfechter überpersönlicher Kräfte. Glaube, Recht und Sitte sind die Attribute eines im Gegensatz zur absolutistischen Theorie bürgerlich gesehenen Herrschers.

Die in symbolischer Brechung artikulierte Einsicht in die Notwendigkeit der Solidarisierung im bürgerlichen Zeitalter läßt Meyers Novelle auch noch heute lesenswert erscheinen und erklärt ihre Wertschätzung durch den Autor selbst. Sie stellt im verfremdenden historischen Kostüm einen nicht unwesentlichen Beitrag zur sozialgeschichtlich bedingten Bewußtseinsänderung am Ende des 19. Jahrhunderts dar und kann von daher einen Einblick vermitteln in die ideologischen Prämissen des bis heute dominierenden bürgerlichen Weltbildes.

IX. Theodor Fontane: Unterm Birnbaum

Der einleitende Satz von Fontanes vielgelesener, doch von der Literaturkritik kaum beachteter Novelle führt den Leser in die kleine Welt des Oderbruchdorfs Tschechin um 1830. Die Wahl des Schauplatzes für die folgenden Ereignisse und deren aktuelle Bedeutsamkeit für die Entstehungszeit der Novelle, die im Jahre 1885 in der *Gartenlaube* abgedruckt wurde, erklärt sich aus der besonderen sozialgeschichtlichen Situation der Oderbruchdörfer. Über sie, ihre Bewohner und deren Reichtum schreibt Fontane in den *Wanderungen durch die Mark Brandenburg:* „Der Boden im Bruch war ein schönes, fettes Erdreich ... Man streute aus und war der Ernte gewiß. Es wuchs ihnen zu. Alles wurde reich über Nacht." Etwas weiter zitiert Fontane dann aus dem Brief eines Reisenden aus dem Jahre 1838: „Auch Gutem und Tüchtigem bin ich in diesen Dörfern vielfach begegnet; aber zumeist doch jener Tüchtigkeit nur, die aus einem starken Egoismus und dem Instinkt des Vortheils hervorgeht."

Es fällt nicht schwer, auf der Grundlage solcher Charakterisierung Beziehungen zur Gründerzeit und zum Gründergeist herzustellen, „der das behaglich dahinlebende Bürgertum der fünfziger und sechziger Jahre in eine Schicht ehrgeiziger und rücksichtsloser Kaufleute verwandelt", wie Jost Hermand aus der Rückschau schreibt. Die nach dem deutsch-französischen Krieg in das Reich hineinströmenden Milliarden leiteten über Nacht einen ungeheuren wirtschaftlichen Aufschwung ein. Das Denken in Geld und Geldeswert verdrängte im Rahmen einer expansiven Wirtschaftsgesinnung die überkommenen idealistischen Orientierungen und führte zu dem, was man den veräußerlichenden, auf bloße Renommage abzielenden Gründerprunk genannt hat. Letztlich ist es also das Besitzdenken im Gefolge eines plötzlichen Reichtums, das die Beziehungen zwischen der Gründerzeit und den durch ideale Bodenverhältnisse reich gewordenen Oderbruchdörfern in der ersten Hälfte des 19. Jahrhunderts herstellt. Tschechin wird insofern zum beispielhaften Schauplatz für den Einfluß einer hektischen wirtschaftlichen Entwicklung auf den Menschen. Die zeitliche Verfremdung erfüllt dabei die Funktion, die ökonomisch bedingte Hektik der gründerzeitlichen Gegenwart aus der Distanz wieder durchdenkbar und kritisierbar zu machen.

Nicht von ungefähr stellt Fontane in den Mittelpunkt der Ereignisse nicht etwa einen der Tschechiner Bauern, sondern den Kaufmann Abel Hradscheck. Von ihm heißt es gleich zu Anfang: „Er ging ... rechnend und wägend zwischen den Rabatten hin und kam erst zu Betrachtung und Bewußtsein, als er, am Ende des Gartens angekommen, sich umsah, und nun die Rückseite seines Hauses vor sich hatte. Da lag es, ... links die sich von der Straße her bis in den Garten hinziehende Kegelbahn, rechts der Hof samt dem Küchenhaus, das er erst neuerdings an den Laden angebaut hatte ... Und das war alles sein! Aber wie lange noch?" Rechnen und Wägen sind die hervorstechenden Aktivitäten Hradschecks, dessen gesamtes Bewußtsein einseitig auf die Erhaltung und Vermehrung des materiellen Besitzes fixiert ist. Die exakte Beschreibung des Anwesens spiegelt sein nach außen gerichtetes Repräsentationsbedürfnis, und in dem Hinweis auf den Anbau findet ein typisch expansives Wirtschaftsdenken seinen Ausdruck. Die Absorption des Bewußtseins durch materielle Erwägungen bedingt die Dominanz der Ware-Geld-Beziehung, wie sie sich anfangs beim Abtranport des Rapses in den Vordergrund drängt. Was letztlich zählt, ist nur die finanzielle Umsetzbarkeit mit dem Ziel der Profitsteigerung.

Doch wie bei jeder hektischen wirtschaftlichen Entwicklung so spielt auch hier das Krisenbewußtsein eine nicht zu übersehende Rolle. Der ständige Zwang zur Ausweitung und zur Repräsentation birgt die stets präsente Gefahr der Überschätzung der eigenen Mittel in sich, so daß die Grenze zwischen Wohlstand und Konkurs fließend erscheint. Über die finanziellen Sorgen, in denen Hradscheck offenbar steckt, vermag auch die überladene Wohnzimmereinrichtung nicht hinwegtäuschen, die nur allzu deutlich das Renommierbedürfnis der Bewohner bloßlegt. Der Hinweis auf den Stich, der einen Sonnenuntergang mit Tempeltrümmern darstellt, antizipiert schon an dieser Stelle die folgende Abwärtsentwicklung, die Hradscheck allerdings zunächst noch durch das Lotteriespiel aufzuhalten gedenkt.

Die einseitige materielle Orientierung bei gleichzeitigem Verzicht auf jede weltanschaulich vertiefende Lebensdeutung läßt Hradscheck zum Hasardeur werden. Im abergläubischen Vertrauen auf den Zufall spiegelt sich die Entfremdung des Menschen von sich selbst, der sich der anonymen Macht des Geldes verschrieben hat und dennoch glaubt, die Kontrolle weiterhin in Händen zu halten. Der Stoßseufzer: „Nur nicht arm!“ ist der das Verhalten und das Leben der Hradschecks bestimmende Leitsatz. Geld, das den Besitz erst ermöglicht, und Besitz, der wiederum auf die Vermögenslage der Besitzer zurückweist, bilden den versklavenden Teufelskreis, aus dem es solange kein Entrinnen gibt, bis man nicht das Kapital als Scheinwert entlarvt und es in seiner wertsetzenden Absolutheit liquidiert.

Aber von solchen Einsichten sind beide Hradschecks gleichermaßen weit entfernt. Im Vertrauen auf den kalkulierbaren Zufall gelingt es Hradscheck sogar überraschend schnell, seine Frau für einen Mordplan zu gewinnen, dem der angekündigte Reisende eines Bankhauses zum Opfer fallen soll, um auf diesem Wege die fällige Schuldsumme einzusparen. Noch immer glaubt Hradscheck, die treibende Kraft in einem Prozeß zu sein, der ihn längst in die Rolle des Getriebenen gedrängt hat. Aber selbst angesichts der angedeuteten folgenschweren Entscheidung vermag er den determinierenden Einfluß der verdinglichenden Normen des Geldes, des Besitzes und der Repräsentation auf den eigentlich menschlichen Kern nicht zu durchschauen. Konsequent verdrängt die Dominanz der Sachwerte den Eigenwert des Menschen. Szulski, der Reisende des Bankhauses, wird zur kalkulierbaren Größe in einer sorgfältig vorbereiteten Bereicherungsstrategie. In diesem Sinne unternimmt Frau Hradscheck eine Reise mit dem Ziel, eine nur vorgetäuschte Erbschaft anzutreten, um später finanzielle Unternehmungen in den Augen der Öffentlichkeit zu rechtfertigen, und Hradscheck selbst, der genau weiß, daß ihn seine Nachbarin Jeschke auf Schritt und Tritt beobachtet, macht sich in der Mordnacht unter einem Birnbaum in seinem Garten zu schaffen, wobei es sich um ein wohlüberlegtes Ablenkungsmanöver handelt, denn die Leiche des Ermordeten ist zu diesem Zeitpunkt längst im Keller verscharrt worden. Am Morgen nach der Mordnacht ist es Frau Hradscheck, die in die Pelze des Opfers gehüllt, sich als Szulski ausgibt und unerkannt mit der Kutsche davonfährt. Wenn man die Kutsche wenig später in der Oder auffindet, so sieht das ganz nach einem bedauerlichen Unfall aus.

Die Planung und Durchführung des Mordes erscheint einer nüchternen geschäftlichen Kalkulation nicht unähnlich. Die Fähigkeit zu rechnen und zu wägen erweist sich auch hier als die dominierende Eigenschaft Hradschecks, für den Szulski das Objekt einer notwendigen Transaktion wird. In der Vorherrschaft eines den Mitmenschen wie selbstverständlich einbeziehenden Kalküls offenbart sich die Unmenschlichkeit eines Verhaltens, dessen einzige Richtschnur das Geld ist. An die Stelle humanen Mitgefühls sind endgültig anonyme Sachzwänge getreten, so daß sich der Grad der Entfremdung auf makabre Weise dokumentiert.

Kontrastfigur zu Hradscheck ist die alte Frau Jeschke, deren allgemeine und oft rätselhafte Andeutungen ihn mehr als einmal an dem Erfolg seiner rationalen Planungen zweifeln lassen, indem er ihren Worten offenkundig zu großen Wert beimißt. Kalkül und Mystifikation stehen sich in beiden Figuren extrem gegenüber und formen ein im ganzen paradoxes Bild der Wirklichkeit, in der sich der rationale Pragmatismus Hradschecks und die mystische Weltsicht der Jeschke ständig relativieren. Es darf jedoch nicht übersehen werden, daß Hradscheck selbst, der jegliche metaphysische Sinndeutung ablehnt, gerade deswegen gelegentlich zu gewissen Irrationalismen neigt. Sieht man beide im Zusammenhang mit ihrer Zeit, und dies meint sowohl die Entstehungszeit der Novelle als auch die real angegebene erzählte Zeit, die, so konnte gezeigt werden, lediglich als verfremdende Projektion fungiert, so erscheinen Hradschecks Reaktionen als auch die der Jeschke als typische Verhaltensweisen von Menschen, denen durch die hektische Entwicklung ihrer Umgebung die Kontrolle entglitten ist.

Der plötzliche wirtschaftliche Aufschwung, und das gilt sowohl für die Oderbruchdörfer als auch für die wilhelminische Welt, hatte das bis dahin so vertraute Milieu mit einem Schlage verändert und den einzelnen in die Hektik hineingezogen. Irrationalität als Ausdruck des Getriebenseins von außerpersönlichen Kräften oder rationales Planen als Versuch, die Gesamtentwicklung zum eigenen Vorteil zu steuern, sind die extremen Antworten auf die historisch veränderte Situation. Während die Jeschke die außerpersönlichen Kräfte von vornherein anerkennt, glaubt Hradscheck an die Steuerbarkeit der äußeren Umstände und erkennt nicht, daß auch sein Vorgehen ganz und gar dem Diktat der äußeren Bedingungen untersteht. Bezeichnend bleibt jedoch sein Schwanken zwischen rationalen und irrationalen Positionen, wodurch sein eigenes Getriebensein eindrücklich unterstrichen wird. Besonders nach dem Mord nehmen die irrationalen Reaktionen bei ihm zu, so etwa wenn er versucht, sich nach dem Geheimrezept der Jeschke unsichtbar zu machen. In der Übernahme solch abergläubischer Positionen verdeutlicht sich die wachsende Abhängigkeit Hradschecks.

Besondere Bedeutung gewinnt in diesem Zusammenhang der Verweisungscharakter des Erzählens. Auf den Stich in Hradschecks

Wohnzimmer mit seiner Untergangsstimmung wurde bereits aufmerksam gemacht. Dazu treten bei näherem Hinsehen eine ganze Reihe weiterer Verweise, die über ihre bloße Gegenständlichkeit hinaus symbolische Bedeutsamkeit erhalten. So wird zu Anfang auf die Falltür und den vorgelegten Keil hingedeutet, deren Fatalität erst zum Schluß der Novelle deutlich wird, und der verscharrte tote Franzose, auf den Hradscheck bei der Gartenarbeit stößt, verweist bereits auf die spätere Verscharrung des ermordeten Szulski. Selbst die wie zufällig hingeworfenen Reden sind eingefügt in den Bedeutungszusammenhang der Geschehnisse. Szulski beschließt eine Kriegserzählung mit den Worten: „Der Adel hat uns um dreißig Silberlinge verschachert, bloß weil er an sein Geld und seine Güter dachte. Und wenn der Mensch erst an sein Geld denkt, ist er verloren." Hradschecks Vorgehen in der folgenden Nacht und sein späteres Ende bestätigen dieses Urteil nur allzu deutlich. Die Ahnungen der Jeschke in der Mordnacht, die zunächst noch sehr weit hergeholt zu sein scheinen, treffen ebenfalls völlig ins Schwarze: „Dat's joa binoah, as ob he een abmurkst hett'." Das gleiche gilt für das Gespräch der Bediensteten am Morgen nach der Mordnacht: „Jott, Jakob, ick hebb mi so verfiert. Dat künn joa 'nen Doden uppwecken!" „Sall ook, Male. He hett joa 'nen Dodensloap."

Die gegenständlichen und verbalen Verweise, stellen den Menschen mit all seinen Lebensäußerungen in ein Beziehungsgeflecht, dessen zugrunde liegendes Gesetz ihm letztlich unklar bleibt und aus dem es für ihn kein Entrinnen gibt. „Was unser Leben bestimmt", sagt Fontane einmal, „sind eben Zufälligkeiten, Ereignisse, deren Gesetz wir nicht klar erkennen". Im *Stechlin* heißt es dann fast resignierend: „Das Ich ist nichts ... Ein ewig Gesetzliches vollzieht sich, weiter nichts ..." Die vorliegende Novelle stellt solche Weltsicht fast exemplarisch dar. Von determinierenden Kräften umstellt, glaubt der einzelne, die Geschehnisse noch nach seinem Willen lenken zu können, und verfängt sich immer mehr in dem Netz von kaum erkannten Beziehungen und Bedingungen. Diese noch sehr allgemeine Feststellung gewinnt an Konkretheit, wenn man die Determinanten selbst einer näheren Untersuchung unterzieht. Geld, Besitz und Prestige sind die aufeinander bezogenen Kategorien in der Novelle, nach denen die Menschen sich selbst bemessen und von den anderen bemessen werden. Stellvertretend für alle bekennt der Großbauer Kunicke: „Jeder denkt an sein Geld". Wenn Szulski die Ansicht äußert, daß jeder, der ans Geld denke, verloren sei, so verweist er damit deutlich auf die Versklavung und Verdinglichung des Menschen in einem von Geld und Geldeswert determinierten kapitalistischen Kontext. Das Kapital als Resultat der Arbeit verobjektiviert sich und tritt dem Menschen als eigenständige Kraft entgegen, die ihn unweigerlich in die Entfremdung von sich selbst führt. Plötzlich erscheinen die Verhältnisse zwischen den Menschen als Beziehungen zwischen Sachen. Nicht etwa auf Grund persönlicher Feindschaft muß Szulski sterben, sondern einzig und allein, weil Hradscheck keinen anderen Ausweg als den Mord sieht, seinen materiellen Status zu erhalten.

Sowohl die Charakterisierungsnormen als auch die epische Verweisungstechnik zeigen den Menschen in seiner Selbstentfremdung inmitten einer im wesentlichen kapitalistisch bestimmten Umwelt. Das ewig Gesetzliche, von dem Fontane selbst spricht, als Bedingung der Identitätszerstörung stellt sich im letzten als eine Mystifikation heraus, hinter der sich bei kritischem Zugriff nichts anderes verbirgt als die Verdinglichung des Menschen in einer verbürgerlichten Welt. Ein Blick auf die weitere Handlungsentwicklung bestätigt diese These im vollen Umfang.

War es bisher die verdinglichende Macht des Geldes, die den Menschen versklavte und den Mitmenschen als eine Art Kalkulationsobjekt erscheinen ließ, so wird im zweiten Teil der Novelle nach der Mordtat der ohnmächtige Mensch in den Fängen eines für ihn undurchschaubaren, aber doch nach unwandelbaren Gesetzen sich erfüllenden Schicksals vorgeführt. Zunächst ist es der sich kontinuierlich ausbreitende Verdacht, daß die Hradschecks nicht ganz unschuldig an dem Tod Szulskis sein können. Eine Reihe von Indizien und bloßen Mutmaßungen verdichten sich nahezu zur Gewißheit, bis der Brief des Geistlichen an den Justizrat den Verdächtigungen vorläufig ein Ende setzt. Aber kurz darauf werden die Gerüchte durch die Aussage des Nachtwächters, er habe Frau Hradscheck am Morgen des angeblichen Unfalls am Fluß gesehen, von neuem in Gang gesetzt, so daß nun zum erstenmal gerichtliche Vernehmungen notwendig werden, die trotz all ihrer vagen Ergebnisse zur Verhaftung Hradschecks führen. Als jedoch nähere Untersuchungen nichts wesentlich Neues an den Tag bringen, gerät die Beweisaufnahme schnell ins Stocken. Parallel dazu verläuft ein allmählich einsetzender Rehabilitierungsprozeß, der durch die geschickte Weigerung Frau Hradschecks, ihren Mann im Gefängnis zu besuchen, solange nicht seine Unschuld klar erwiesen sei, eingeleitet wird. Mitten in diese Beruhigungsphase fallen die Enthüllungen der Jeschke, sie habe den Beklagten in der fraglichen Nacht bei verdächtigen Gartenarbeiten beobachtet. Ein sofort anberaumter Lokaltermin führt jedoch, nachdem man lediglich auf den toten Franzosen gestoßen ist, zur glänzenden Rechtfertigung Hradschecks, dessen Kalkül allem Anschein nach wieder einmal den Sieg davongetragen hat.

Das Schwanken zwischen Gewißheit und Ungewißheit bis hin zum offenkundigen Irrtum zeigt die Hilflosigkeit und Unzulänglichkeit des menschlichen Urteils, dessen durch nichts zu rechtfertigende Leichtfertigkeit von Eccelius in der Predigt nach der Entlassung Hradschecks heftig angeprangert wird. Und trotzdem bleibt ein Ungewisses zurück, das sich in dem ständigen Neueinsatz der Verdächtigungen offenbart und das auch jetzt nicht zum Schweigen zu bringen ist. Wenn die Jeschke nach der Predigt mit Bezug auf Eccelius sagt: „Ick weet nich, Line. He möt et joa weeten", so äußert sich hier versteckt der alte Argwohn. Die Jeschke wird zur Agentin des vom Menschen unabhängigen und sich über ihn hinwegsetzenden Schicksals, das den rechnenden menschlichen Verstand letztlich relativieren muß. Die kurz darauf geäußerte Ansicht: „Alles was in der Welt wirkte, war Sympathie, Besprechung, Spuk", belegt eine solche Deutung nachdrücklich.

In diesem Sinne sind die folgenden Ereignisse gekennzeichnet durch die Dialektik der Versuche Hradschecks, die Vergangenheit vergessen zu machen, und der ständigen Relativierung dieser Versuche durch scheinbar zufällige Vorkommnisse und andeutende Reden. Wieder ist es die nornenhafte Jeschke, die in der Zeit des Umbaus die vergangenen Geschehnisse aufrührt: „Jott, ick weet noch, as de Polsche hier wihr und dat Licht ümmer so blinzeln deiht. Joa, wo wihr dat Licht? Wihr et in de Stuw o'r wihr et in'n Keller?" In eben diesem Keller hatte kurz vorher einer der Bediensteten einen Knebelknopf gefunden, wie er an Szulskis Kleidung gesehen worden war. Als dann wenig später auch noch Frau Hradscheck stirbt, erweisen sich alle insbesondere mit dem Umbau verknüpften Versuche, die Vergangenheit zu verdrängen, als fruchtlos. Vor den Augen des längst von der Täterschaft der Hradschecks überzeugten Lesers rollt ein Prozeß ab, der, schicksalhaft gesteuert, dem Zugriff des Menschen entzogen ist. Nicht dem Kalkül Hradschecks, sondern der Schicksalsgläubigkeit der Jeschke wird recht gegeben, die immer mehr in die Rolle der Sprecherin der unheilvollen Lesererwartungen hineinwächst.

Selbst Hradscheck schient sich nun treiben zu lassen. Seine häufigen Ausflüge nach Berlin stellen verzweifelte Bemühungen dar, vor dem unaufhaltsam heranziehenden Verhängnis die Augen zu verschließen und die quälenden Erinnerungen im oberflächlichen Amüsement zu ersticken. Je mehr er sich jedoch treiben läßt, desto eindringlicher verstärken sich in seiner Umgebung die Spukgeschichten, die immer wieder in die stereotyp wiederholten Floskeln „et spökt" oder „et grappscht" einmünden. Diese Spukgeschichten sind es, die Hradschecks kalkulierenden Verstand noch einmal wachrufen und in ihm den Entschluß reifen lassen, die im Keller verscharrte Leiche fortzuschaffen, um die Gerüchte auf diese Weise ein für allemal zum Schweigen zu bringen. Bezeichnenderweise fällt in diese Zeit auch sein Versuch, sich nach den Geheimrezepten der Jeschke unsichtbar zu machen, was eine gewisse Annäherung an die Schicksalsgläubigkeit seiner Umgebung und eine vorläufige Anerkennung überpersönlicher Kräfte zu erkennen gibt. Das Mißlingen des Versuchs bestärkt Hradscheck in seinem Vertrauen auf die Steuerbarkeit des anscheinend so unabwendbaren Schicksals.

Doch die geschickt inszenierten Anstrengungen, auch die letzten Spuren der Mordtat zu tilgen, um so allen Gerüchten den Boden zu entziehen, führen in tragischer Ironie zu Hradschecks Untergang und damit zum Triumph der im letzten unkontrollierbaren schicksalhaften Gesetzmäßigkeit, wie sie im letzten Satz der Novelle zum Ausdruck kommt: „Es ist nichts so fein gesponnen, 's kommt doch alles an die Sonnen." Um das Licht während der makabren Arbeit im Keller nach draußen abzuschirmen, hatte Hradscheck zu dem Brett gegriffen, das die Fässer am Rollen hinderte, so daß diese bald über die geschlossene Falltür gerollt sein müssen, wodurch ihm, der nicht frei von Aberglaube war, offenbar die Gewißheit gekommen sein dürfte, daß ihn nun der tödliche Schicksalsschlag getroffen habe. Der Kalkulator wird auf diesem Wege zum Opfer seiner eigenen Kalkulation. Was auf den ersten Blick nach einem unglücklichen Zufall aussieht, muß jedoch dem Leser im Zusammenhang mit der Vielzahl der dunklen Andeutungen und der unvorhergesehenen Ereignisse als Erfüllung des unausweichlichen Schicksals erscheinen.

Die Dominanz des Schicksals, das insbesondere im zweiten Teil der Novelle von strukturbildender Bedeutung ist, wirkt auf den modernen Leser befremdlich. Seine eigentliche Begründung erfährt es erst im Zusammenhang mit dem ersten Teil, der konsequent in der Ermordung gipfelte. Mit der Anerkennung des Geldes als treibender und ausschließlich Geltnug verschaffender Kraft übergibt sich der Mensch einem überpersönlichen anonymen Sachzwang, wie er bereits in den

Worten Szulskis zum Ausdruck kam, daß derjenige, der nur ans Geld denke, verloren sei. Dieses Wort erfüllt sich im zweiten Teil in überraschender Konsequenz. Der pekuniäre Sachzwang, der den einzelnen schon bis zur Mordtat in immer unüberschaubarere Spekulationen verstrickte, drängt nun die menschliche Eigeninitiative vollends in den Hintergrund. Wild kursierende Gerüchte, gestützt von einer Sequenz scheinbar zufälliger Ereignisse, gewinnen zunehmend an Einfluß auf die menschlichen Handlungen, die längst nicht mehr im Menschen selbst ihr motorisches Zentrum haben, sondern von außen aufgezwungen sind.

Parallel dazu verläuft die wachsende Bedeutung der Jeschke im Erzählprozeß. Die Anerkennung des Geldes als letztlich sinngebende Kraft und das Vordringen schicksalhafter Weltdeutung erweisen sich als kausal aufeinander bezogen. Der Mensch wird zum Opfer entpersönlichter, von ihm selbst geschaffener Wertbestimmungen, und diese Vergegenständlichung seiner Arbeit in Form des toten Kapitals führt ihn notwendig in die Entfremdung von seinen Mitmenschen und von sich selbst. Aberglaube und fortgesetzte Mystifikationen signalisieren die Pervertierung der Zweck-Mittel-Relation und damit die Umkehrung des Subjekt-Objekt-Verhältnisses. Der handelnde Mensch sieht sich plötzlich von pseudoobjektiven Zwängen umstellt, deren Kontrolle sich ihm zusehends zu entziehen beginnt. Im abschließenden tödlichen Unfall Hradschecks dokumentieren sich diese pseudoobjektiven Zwänge eindringlich. In den Fässern, die von Hradscheck selbst aus der Halterung gelöst, über die Falltür rollen und ihm den Rückweg versperren, spiegelt sich in konkreter Anschaulichkeit die vom Menschen selbst vollzogene Überordnung der bloßen Faktizität über den steuernden Einfluß des konkreten Subjekts. Hradscheck stirbt bezeichnenderweise nicht an einer äußeren Verletzung, sein Tod stellt sich vielmehr dar als die Folge eines pervertierten Bewußtseins, in dem der banale Umstand, daß die Fässer über die Falltür gerollt sind, als Urteil des rächenden Schicksals erscheint. Die Welt der Pseudoobjektivität führt zum Untergang des Menschen, nicht weil diese objektiv stärker ist als er, sondern weil er sie in grotesker Fehleinschätzung seiner eigenen Handlungsimpulse als schicksalhaft begreift. Es ist daher auch nur folgerichtig, wenn nicht etwa die gerichtlichen und polizeilichen Ermittlungen zur Entlarvung des Täters führen, wie es in der persönlich bestimmten herkömmlichen Kriminalerzählung der Fall ist, sondern die abergläubische Fehldeutung eines zufälligen Geschehens durch den Täter selbst.

Die Novelle wird zur Dokumentation der selbstverschuldeten menschlichen Unfreiheit in einer vom toten Geldeswert beherrschten bürgerlichen Welt. Auf den verfremdenden Hintergrund der reichen Oderbruchdörfer projiziert, werden die treibenden Kräfte des vom Bürger getragenen wirtschaftlichen Aufschwungs in wilhelminischer Zeit erkennbar. Die wachsende Anonymisierung des Wirtschaftskapitals und die bald alle menschlichen Bereiche erfassende Kapitalzirkulation ließen auch hier das Geld als eigentlichen Schicksalsträger erscheinen. Der bestimmende Einfluß des Menschen war der Herrschaft des Kapitals gewichen. An die Stelle der Humanität war die Anonymität getreten. Die Ökonomisierung des Lebens, der der Bürger seine neue Machtstellung im Sozialverband verdankte, bedingte nun in ironischer Umkehrung seine Versklavung in dem Maße, wie er die von ihm selbst geschaffenen Bedingungen zu fetischisieren begann.

Das sich schicksalhaft erfüllende Verhängnis zusammen mit der epischen Verweisungstechnik lassen in der Novelle in der Tat die Signatur der Zeit erkennen, die weniger offen kritisiert als dokumentiert wird. Erst dem lesenden und interpretierenden Nachvollzug fällt die Aufgabe zu, die kritische Dimension der objektiv erzählten novellistischen Ereignisse freizulegen, um zur Erkenntnis der pervertierten Subjekt-Objekt-Beziehung zu gelangen. Dann erst kann das scheinbar übermächtige Walten des Schicksals als das erkannt werden, was es im Grunde genommen ist, nämlich eine vom Menschen selbst installierte Pseudokonkretheit, die nur dadurch aufhebbar ist, daß der einzelne die Ursachen dieses Entfremdungsprozesses zu reflektieren beginnt und sich auf den Menschen als wertsetzendes Ziel seiner Handlungen zurückbesinnt.

X. Gerhart Hauptmann: Der Schuß im Park

Als das von Hauptmann selbst als Novelle bezeichnete kleine Prosawerk Ende 1938 entstand und vier Jahre darauf im Druck vorlag, hatte die Gattung der Novelle ihren Höhepunkt bereits überschritten und gehörte mehr der Literaturgeschichte als der literarischen Gegenwart an. Wenn Hauptmann die Gattung, die wie keine andere ins 19. Jahrhundert zurückweist, trotz allem noch einmal aufgreift, so scheint in dieser Vorentscheidung bereits eine Aussage zu liegen, der im folgenden weiter nachgespürt werden soll.

An die novellistische Gestaltungsweise erinnert zunächst der klar abgehobene Rahmenbau, in dem ein Ich-Erzähler zu der eigentlichen Binnenerzählung hinführt und diese auch später im Sinne novellistischer Gattungserwartungen beschließt. Der erste Teil des Rahmens konzentriert sich auf die Begegnung zwischen dem epischen Vermittler und seinem Onkel, einem über siebzigjährigen pensionierten Förster, an den im Binnenteil die Erzählfunktion abgetreten wird. Insofern gewinnen die charakterisierenden Hinweise auf den Onkel, dessen individuelle Perspektive im folgenden dominiert, von vornherein an Bedeutung.

Hervorstechend sind bei ihm von Anfang an sein Humor, seine Vitalität und die Weite seines Blickfeldes, Eigenschaften, zu denen sein selbstgewähltes zurückgezogenes Leben an seinem Wohnort nicht so recht passen will. „Jauer bietet mir nichts. Ich kenne hier niemand und will niemand kennenlernen." Gleich darauf weist er jedoch auf seine Verbindungen mit Botanikern aus aller Welt hin, die ihm Pflanzen aus den verschiedensten Gebieten der Erde zuschicken. "... eines Morgens streiche ich auf einer Donauinsel umher, am andern Tage bin ich vielleicht auf Java gelandet. Meine Freizügigkeit geht sogar bis Tokio; in Tibet selbst unterhalte ich Beziehungen." Die provinzielle Enge des kleinen Landstädtchens, gegen die sich der Onkel abschirmt, und seine weit gespannten botanischen Aktivitäten stehen sich so relativ schroff gegenüber. Erst in der Aufhebung fixierender Grenzziehungen kann er sich verwirklichen und zu einer umfassenden Persönlichkeitsdarstellung gelangen. Seine Vitalität wie sein Humor sind gleichermaßen Ausdruck eines solchen alle Verengung abwehrenden Lebensideals. Im vitalen Lebensgenuß eröffnet sich ihm die bunte Fülle des Daseins und in der humorvollen Einstellung wird die Determination aufgehoben, indem sich der einzelne dem plötzlichen Betroffensein entzieht. In diesem Sinne heißt es mit Bezug auf den unheilbaren Gesundheitszustand des Onkels: „Etwas wie Furcht vor einem nahen Ende bemerkte man nicht. Er schien seiner Atemnot nicht zu achten. Er behandelte sie wie ein widerspenstiges Tier, das man mit einigem Aufwand zur Räson bringen muß." Seine unverwüstliche Lebensliebe hebt das Bestimmtsein durch das nahe Ende auf und konstituiert im letzten die Freiheit des Individuums, das die räumlichen wie die existentiellen Grenzen immer wieder übersteigt. Seine selbstgewählte Abschirmung gegen die unmittelbare Umgebung ist der Ausdruck eines expansiven Lebensgefühls, das die Gefahr der provinziellen Enge überwindet, indem es sie ignoriert.

Ohne Zweifel fließen hier biographische Bezüge ein. Hauptmann lebte von 1933 bis zu seinem Tode, von den Nationalsozialisten geduldet, zurückgezogen in dem schlesischen Landstädtchen Agnetendorf. Die nationalsozialistische Kraftmeierei, der unverhohlen hervortretende Chauvinismus und die einsetzende Rassenpolitik begannen Deutschland von der übrigen Welt mehr und mehr abzukapseln, so daß für den weitschauenden einzelnen die Gefahr der Verengung auf Grund der politischen Verhältnisse gegeben war. In etwa ließe sich daher der Förster als eine Selbstfiguration Hauptmanns auffassen, der wie seine literarische Gestalt in der Distanz von seiner unmittelbaren Umgebung den Anspruch auf Weite persönlich zu behaupten sucht.

Aber auf der anderen Seite sind die politischen Verhältnisse seit 1933 doch wohl nur der äußere Anlaß für die Entbindung eines Bewußtseins, dessen Wurzeln viel tiefer reichen. Die zweite große Welle der Industrialisierung, die Deutschland während der Gründerzeit erreicht hatte zusammen mit der wachsenden Vergesellschaftung und ihren zweifellos nivellierenden Tendenzen hatte zwar zur Ausweitung der materiellen Möglichkeiten geführt, aber der individuelle Freiraum sah sich, bedingt durch die neuen Produktionsformen, zunehmend einer Verengung ausgesetzt. Die Errungenschaften der Zivilisation und der Technik drängten die Ansprüche auf Selbstdarstellung in den Hintergrund, indem sie den Menschen einseitig in die Funktionsrolle der Industriegesellschaft hineindrängten. Notwendig mußte sich angesichts solcher Entwicklung der Wunsch nach Ausweitung bei Abkehr von der bedrückenden Umwelt im einzelnen regen.

Es ist kein Zufall, wenn der Förster, der altersmäßig noch im wesentlichen der vorindustriellen Generation angehört, in den Mittelpunkt von Geschehnissen gestellt wird, die sämtlich in eine agrarische, von persönlichen Lebensformen bestimmten Gesellschaft zurückweisen. Von daher erhalten auch die einleitenden Sätze „Es war die Zeit des Zweirads. Automobile machten die Straßen noch nicht unsicher." erst ihre in den Sinnzusammenhang der Novelle integrierte Bedeutung. Die Funktion des Onkels als des beherrschenden Erzählers muß auf Grund der bisherigen Beobachtungen in zweifacher Hinsicht gesehen werden. Zum einen ist er der Repräsentant einer persönlich bestimmten Lebensführung und legt Zeugnis ab für die Spannweite individuellen Erlebens, zum andern sieht er sich aber auch unmittelbar konfrontiert mit der wachsenden Verengung unter den gewandelten äußeren Bedingungen. Beide Bewußtseinslagen schlagen sich in der folgenden Erzählung nieder und bilden ihre eigentümliche Dialektik.

Im Mittelpunkt der Erzählung des Onkels steht der Baron Degenhart, der bereits im ersten Teil des Rahmens vorgestellt wird. Er erscheint als leichtlebiger Abenteurer bezeichnenderweise vor der weiten Kulisse Afrikas und fällt von vornherein durch sein überdurchschnittliches Erzähltalent auf. „Seltsam genug: mitten in Afrika wurden wir durch seine Erzählungen nach Rußland versetzt ..." Zwischen dem Erzähler und der zentralen Figur seiner Erzählung werden dadurch von Anfang an Verbindungen geknüpft, denn auch der Onkel besitzt ja das Talent, wie die vorliegende Erzählung dokumentiert, die Enge des augenblicklichen Wohnorts räumlich wie auch zeitlich ständig auszuweiten. Der afrikanische Schauplatz tut sein übriges, um den Baron als ungebundenen und in weiten Dimensionen sich verwirklichenden Menschen ins Bewußtsein des Lesers eingehen zu lassen.

Aber die Freizügigkeit erweist sich als problematisch, sobald moralische Einstellungen berührt werden. Bezugnehmend auf das Negermädchen, dem sich der Baron in Afrika zugewandt hat, heißt es: „ ‚Sie ist so ein kleines Spielzeug von mir', sagte er, zu uns gewandt, in einem brutalen und leichtfertigen Ton, der uns aufs äußerste mißfiel." Der individuelle Lebensgenuß führt offenbar dort an seine Grenzen, wo der Mitmensch unmittelbar betroffen ist, und doch fühlt sich der Erzähler bemüßigt, das Verhalten des Barons in etwa zu rechtfertigen: „Immerhin, ein gewöhnlicher Verschwender war er nicht, dazu hatte er zuviel Geist." Der Faszination des vital sich auslebenden, geistig anspruchsvollen Individuums, das sich in der Weite und jenseits sozial bindender Verpflichtungen verwirklicht, vermag sich der Erzähler auf Grund einer inneren Verwandtschaft nicht völlig zu entziehen, auch wenn ein moralisch begründeter Zwiespalt unübersehbar bleibt. Das erzählerische Engagement allein verrät jedoch, wie sehr er im Bann einer sich selbst absolut setzenden Persönlichkeit steht.

Die zweite Begegnung mit Degenhart, ungefähr ein Jahrzehnt nach dem Zusammentreffen im afrikanischen Busch, ist der zentrale Gegenstand der folgenden Binnenerzählung. Den räumlichen Hintergrund bildet nun die schlesische Herrschaft Konern, die im Vergleich mit der ungezähmten Wildheit Afrikas einen hohen Grad an Kultiviertheit aufweist. Aus dem abenteuernden Baron ist inzwischen nach seiner Heirat mit der Herrschaftserbin „ein großer Herr" geworden, der im Ruf eines vorbildlichen Familienvaters steht. Bereits der Wechsel des Schauplatzes signalisiert einen zumindest am äußeren ablesbaren Wandel der Gesamtpersönlichkeit Degenharts, dessen unstillbarer Expansionsdrang in der Umklammerung durch die Familie und den Besitz endgültig domestiziert zu sein scheint.

Der erste Eindruck, den der zu Forstarbeiten herbeigerufene Erzähler gewinnt, bestätigt den angedeuteten Wandel zunächst eindringlich: „Der afrikanische Degenhart und dieser waren zwei völlig verschiedene Leute. Der flotte, abgehärtete, im Denken und Tun verwegene Fallensteller und Löwenjäger war nicht mehr. An seine Stelle trat ... ein mittelgroßer, schlanker Herr, dem der Friseur einen Scheitel von der Stirnmitte bis zum Nacken gezogen, das glatt anliegende Haar und das Schnurrbärtchen pomadisiert hatte ... Dazu kamen sorgsam polierte Nägel." Der Baron scheint bis zur Selbstaufgabe integriert zu sein in seinen neuen kultivierten gesellschaftlichen Zusammenhang. Domestikation ist an die Stelle der individuellen Freiheit getreten, so daß der Erzähler seine Enttäuschung kaum zu verbergen vermag. In der exakten Beschreibung der äußeren Erscheinung Degenharts schwingt unüberhörbar Kritik mit an der überfeinerten gesellschaftlichen Oberflächenkultur, die überdies nur allzu deutlich den eigentlichen menschlichen Kern überfremdet. Als nämlich kurz nach der Begrüßung Degenharts Kinder den Vater in ihre Spiele verwickeln, heißt es: „In diesen Minuten kam es mir vor, als ob sich der einstige Afrikaner wiedergefunden habe." Das eigentliche individuelle Lebenszentrum ist also keineswegs zerstört, sondern lediglich übertüncht von einer steifen Etikettierung. Immerhin ist die Veränderung so weit gediehen, daß der Baron selbst einem früheren Bekannten auf den ersten Blick fremd erscheinen muß. Aber das Durchscheinen des eigentlichen Degenhart ist nur von kurzer Dauer. Mehrere Diener sind sofort zur Stelle, um mit Bürsten und Fleckwasser die von der Gesellschaft erwartete polierte Oberfläche wiederherzustellen. Als der Erzähler den Baron beim anschließenden Abendessen auffordert, von seinen afrikanischen Erlebnissen zu berichten, wird er brüsk zurückgewiesen. Degenhart ist wieder in den Mechanismus seiner gesellschaftlich aufgezwungenen Rolle zurückgeschlüpft.

Der Konflikt zwischen der autonomen Einzelpersönlichkeit und den Integrationserwartungen tritt bald darauf mit der Nachricht vom Auftauchen einer Afrikanerin und ihrem Sohn der von hellerer Hautfarbe sein soll, in seine entscheidende Phase. Der Leser wird bereits an dieser Stelle unschwer ausmachen können, daß es sich bei der Afrikanerin um eben das Negermädchen handelt, mit dem Degenhart seinerzeit eine Verbindung eingegangen war, die nicht folgenlos geblieben ist. Die Vergangenheit, die völlig im Zeichen eines ungehemmten Individualismus gestanden hatte, ragt plötzlich in die von sozialen Verpflichtungen bestimmte Gegenwart hinein und fordert nun eine endgültige Entscheidung heraus. Eine Synthese ist bei dem angedeuteten Stand der Entwicklung nicht länger denkbar. In diese angespannte Situation hinein fällt der Schuß im Park. Wenn auch dieses zentrale, den kriminalistischen Zuschnitt der Novelle konstituierende Ereignis auf Grund der gewählten Erzählperspektive nicht direkt geschildert wird, so wird doch soviel klar, daß der Baron auf die auf ihrem Eheanspruch bestehende Farbige geschossen hat, offenbar um in einer Art trotziger Verzweiflungsaktion seine nunmehr erreichte gesellschaftliche Rolle gegen den Andrang einer sich über alle Rollenfixierungen hinwegsetzenden Vergangenheit zu behaupten. Inmitten der kultivierten Parklandschaft wird er bezeichnenderweise mit der gestaltgewordenen Erinnerung an eine Zeit konfrontiert, in der sich sein ungebrochener Individualismus gegen jede Form der Kultivierung zur Wehr gesetzt hatte.

Aber wie bereits an anderer Stelle beobachtet, bildet die gesellschaftliche Etikettierung nur eine überfremdende Fassade, hinter die sich der autonome einzelne vorübergehend zurückgezogen hat. Es ist daher kaum noch erstaunlich, wenn nach diesem nächtlichen Vorfall, in dem sich die latente Konfliktsituation plötzlich entladen hat, der Baron nun auch öffentlich im Rahmen eines Jagdbanketts am folgenden Morgen sich wieder zu seiner Vergangenheit bekennt. „Er lachte viel, trank und aß nicht wenig, schüttelte aus dem Ärmel Jagdgeschichten ... ja schließlich — ich glaubte nicht recht zu hören — sprach der Baron von Ostafrika." Der gesellschaftliche Bann ist gebrochen, und der Anspruch auf befreiende Selbstdarstellung bricht sich wieder Bahn. Jetzt erst erfährt der Leser aus dem Munde des Geheimrats: „Unser allerhöchster Baron ist doch überaus sonderbar. Im Stall steht zu einer Stunde jedes Tages sein Leibpferd gesattelt und gezäumt, eine Trakehner Stute, fünfjährig, die unter ihm alles tut, was beinahe unmöglich ist. Sie nimmt zunächst jedes Hindernis." Die Bereitstellung des Pferdes, das übrigens den seinerzeit von Degenhart auch für das Negermädchen verwendeten Kosenamen Bibi trägt, verweist deutlich trotz aller einengenden familiären und besitzbedingten Ansprüche auf den niemals verstummten Wunsch Degenharts nach expansiver Selbstverwirklichung. Aus innerer Verwandtschaft zitiert der Erzähler, unmittelbar nachdem er von der Bereitstellung des Pferdes erfahren hat, die bekannten Anfangszeilen einer Bürgerschen Ballade:

Knapp', sattle mir mein Dänenroß,
daß ich mir Ruh erreite.
Es wird mir hier zu eng im Schloß,
ich will und muß ins Weite.

Enge und Weite sind die Signalwörter, durch die die literarische Anspielung auf die Geschehnisse um den Baron bezogen wird. Gleichzeitig deutet das Zitat voraus auf den bald darauf erfolgenden Ausbruch Degenharts aus einer Gesellschaft, die ihn bis an die Grenze der Selbstaufgabe in die Domestikation hineingetrieben hatte.

Damit ist trotz aller moralischer Bedenken die Entscheidung für den autonomen einzelnen gefallen, der die sozialen Verpflichtungen mit einem Ruck abstreift und seinem expansiven Drang ungehemmt nachgibt. Die Baronin, die ebenfalls von der Notwendigkeit einer Entscheidung überzeugt ist, nimmt die von der geltenden Gesellschaftsmoral bestimmte Gegenposition ein: „Wenn ich aber meinen Charakter besäße und er wäre, so gäbe es für mich nur einen Weg. Der eine liebt mehr das Leben und der andere die Ehre." Der abstrakte Ehrenkodex der Gesellschaft ist jedoch für den Baron, der den Selbstwert des individuellen Lebens über alles andere stellt, keine echte Alternative. Und auch der Erzähler scheint mehr auf seiner Seite als auf der Seite der gesellschaftsbewußten Baronin zu stehen. Kurz bevor er den Ausbruch Degenharts schildert, heißt es von ihm:

„Er schmauchte und lachte in sich hinein.“ Offenbar bereitet es ihm Spaß, von einem Menschen zu berichten, der mit einem Schlage alle gesellschaftlichen Bindungen abstreift und nur noch sich selbst lebt. Mit der allgemeinen Bemerkung „Der Mensch ist ja eben sehr zwiespältig“ wird der Konflikt zwischen Ich-Ansprüchen und sozialen Verpflichtungen abgetan, ohne daß eine eindeutige Position bezogen wird. Das Leben stellt in der Tat einen nicht bezweifelten Selbstwert dar, dem moralische Bedenken und Überlegungen nicht beizukommen vermögen. Gewissermaßen zur Beruhigung des Lesergewissens fügt der Onkel mehr beiläufig seiner Geschichte an: „Du magst noch erfahren, lieber Neffe, daß die Baronin ihre afrikanischen Gäste völlig gesund pflegen ließ und pflegte.“ Allein die Knappheit dieser abschließenden Information verrät jedoch, daß der Akzent keineswegs auf dem Sozialen liegt, sondern auf der Faszination durch den einzelnen, der nach einer eingehenden Integrationsphase zur Selbstbestimmung zurückgefunden hat und straffrei ausgeht. Noch kurz vor der Beerdigung des Onkels gehen dem Neffen dessen kommentierende Worte im Kopf herum: „Es ist meiner Ansicht nach aus seiner schlesischen Ehe wie ein Wildpferd aus dem prunkenden Marstall gesprungen, in den man ihn eingeschlossen hatte . . .“

Der Ausbruch der autonomen Einzelpersönlichkeit aus der gesellschaftlichen Rollenfixierung sprengt jedoch auch den novellistischen Gattungsrahmen. Die Novelle als bürgerliche Gattung des 19. Jahrhunderts war ja gerade dadurch gekennzeichnet, daß der einzelne nach Durchgang durch eine Konfliktphase in die allein sinngebende Objektivität des gesellschaftlichen Kontexts zurückgeführt wurde. In tragischer Zuspitzung konnte diese novellistische Grundstruktur gelegentlich selbst den Untergang des Individuums bedingen. In jedem Falle jedoch blieben die übergreifenden objektiven Zusammenhänge, wie sie sich in der komplexen gesellschaftlichen Normerwartungen manifestierten, im wesentlichen unangetastet. Gerade die Kriminalnovelle weitete den Konflikt zwischen dem Ich und der Gemeinschaft häufig bis in solche tragische Dimensionen aus und ließ zum Schluß die Identität des Menschen am gesellschaftlichen Diktat zerbrechen. In der Novelle hatte das bürgerliche Solidaritätsbewußtsein in der Tat seinen adäquaten gattungsmäßigen Ausdruck gefunden.

Wenn Hauptmann die Gattungsbezeichnung Novelle noch einmal aufnimmt, so setzt er damit bewußt beim bürgerlichen Integrationsdenken ein, um es jedoch im Laufe der Entwicklung von innen heraus zu relativieren, indem er es in seinen verengenden Tendenzen vorführt. Am Ende steht nicht der integrierte und auch nicht der dem Untergang geweihte, sondern der desintegrierte Mensch, der die ihm von der Gesellschaft zudiktierte Funktionsrolle abstreift und zu einer neuen Freiheit aufbricht. Angesichts dieses Bekenntnisses zum autonomen Subjekt zerbricht die novellistische Objektivität. Die integrative Kraft der bürgerlichen Gesellschaft scheint ihre Wirkung eingebüßt zu haben, und das nicht zuletzt auf Grund der nationalsozialistischen Erfahrungen.

Gerade das Ende der Erzählung offenbart aber auch ihren utopischen Charakter. Die durch die Technik bedingte erdumspannende Zivilisation muß jeden Desintegrationsversuch als illusorisch erscheinen lassen. Ein einfaches Ausbrechen aus den als bedrückend empfundenen gesellschaftlichen Normenkomplex kann ernstlich keine Lösung des Konfliktgeschehens zwischen dem Ich und seinem sozialen Umfeld darstellen. Aber trotzdem liegt gerade in dem dargestellten Ausbruchsversuch die aktuelle Bedeutung der Erzählung. In zunehmendem Maße beginnt man sich aus dem gesellschaftlichen Funktionarismus in einen bestenfalls fiktiven Freizeitraum zu flüchten, der im letzten jedoch auch nur ein wachsendes Unbehagen zurückläßt. Es kann im Rahmen einer umfassenden Gesellschaftskritik nur darauf ankommen, den Funktionarismus als lebensfeindliche und das Humane zersetzende Kraft zu erkennen und ihn auf Grund dieser Erkenntnis handelnd in den Hintergrund zu drängen. Aber dies kann nicht die Aufgabe von Einzelaktionen sein, sondern muß notwendig in der dialektischen Einheit von individuellem Engagement und sozialer Verantwortung geschehen.

Literarische Gestaltungen wie die vorliegende Erzählung können auf die Gefahren einer sich als bloße Funktionsgesellschaft verstehenden menschlichen Gemeinschaft warnend hinweisen und die Bedrohung des einzelnen verdeutlichen, der im wachsenden Maße dazu neigt, sich in wenig tragfähige Scheinlösungen zu flüchten. Eine für alle Teile befriedigende Integration wird aber nur dann erfolgen können, wenn die individuellen Aktivitäten und Antriebskräfte, die dem zunehmenden Druck der Fremdbestimmung zu erliegen drohen, in ihrer konstruktiven Kreativität beim Aufbau einer humaneren Gesellschaft ernstgenommen werden.

XI. Rückblick

In der Perspektive einer dialektischen Hermeneutik erscheinen die behandelten Novellen als ein literarisch gestalteter Abriß bürgerlicher Selbstvergewisserungen in ihren exponierten historischen Phasen. Die in der Aufklärung verstärkt einsetzende Reflexion über die Problematik sozialer Eingliederung überwindet die selbstverständliche Hinnahme des gesellschaftlichen Umfelds als eines Abbilds göttlich gestifteter Ordnung. Im Zuge eines umgreifenden Säkularisierungsprozesses werden nun auch Konfliktsituationen zwischen dem einzelnen und der Gesellschaft in zunehmendem Maße problematisierbar, eine Entwicklung, die eine breit angelegte Auseinandersetzung auf philosophischer und literarischer Ebene stimulieren mußte. Die Gattung der Novelle nimmt im Rahmen dieser Auseinandersetzungen einen nicht zu unterschätzenden Platz ein, da die ihr eigene bilaterale Struktur die subjektive Wertung des als objektiv vorgestellten Geschehniszusammenhangs konstitutiv miteinbeschließt. Gesellschaftshistorisch gesehen, spiegelt sich in solcher Struktur die kritische Distanzierung von bisher unkritisch hingenommener sozialer Faktizität. Der im Gestalterischen artikulierten subjektiven Brechung des zumeist als authentisch ausgegebenen Ereignisrahmens in der Novelle entspricht die vom einzelnen zu leistende kritische Reflexion gesellschaftlich-normativer Zusammenhänge.

In der Kriminalnovelle im besonderen wird der Konflikt zwischen dem Ich und seiner Umwelt zum kriminellen Akt gesteigert, in dem die Widersprüchlichkeit zwischen individuellem Anspruch und sozialer Erwartung brennpunktartig offenbar wird. Das Verbrechen indiziert einen unerträglich gewordenen Spannungszustand zwischen dem Ich, das an die Grenze seiner Anpassungsfähigkeit getrieben worden ist und um seine Identität fürchten muß, und der Gesellschaft, die in institutionalisierter Form auf der Einhaltung ihrer Normen besteht. Dabei wird sowohl der individuelle Anspruch auf Selbstdarstellung als auch die gesellschaftliche Integrationserwartung nicht selten relativiert, indem dem Leser die Gesellschaft selbst als ein nur individuell erfüllbares Lebensganze erscheint, das der ständigen Fortentwicklung und Korrektur durch das konkrete Subjekt bedarf.

In dem angedeuteten Orientierungsrahmen markieren die Novellen von Schiller und Hauptmann zwei extreme Positionen. Während Schiller den Leser zur Einsicht in die Notwendigkeit einer kritischen Integration führt, betont Hauptmann die vitale Eigengesetzlichkeit des Individuums, das sich ungestraft über die moralischen Barrieren bürgerlicher Verhaltensnormen hinwegsetzt. Sah Schiller in der bürgerlichen Gesellschaft noch die unabdingbare Voraussetzung für die Kultivierung des Menschen, so relativiert Hauptmann den gesellschaftlichen Anspruch, indem er die bestehenden Konventionen als Fesseln für das nach vitaler Selbstverwirklichung verlangende Ich darstellt.

Die Diskrepanz zwischen Schiller und Hauptmann verweist konkret auf die Abnutzung und Verflachung eines Humanitätsdenkens, das im Zuge des bürgerlichen Aufstiegs auf die Ebene utilitaristischer Leitlinien für eine erfolgreiche Lebenspraxis herabgesunken war. Umstellt von nivellierenden Tendenzen, wurde es dem einzelnen zunehmend schwerer, seine unverwechselbare Identität zu artikulieren. Aus solcher Erfahrung erwächst bei Hauptmann die fiktive Darstellung eines individuellen Ausbruchs, der die Züge eines ungebundenen Abenteurertums annimmt. Es ist daher symptomatisch, wenn Hauptmann die Tradition der Kriminalnovelle wie der Novelle überhaupt abbricht, denn mit dem Zweifel an der Tragfähigkeit eines sozialen Fundaments mußte auch der objektive Geschehensrahmen der Novelle an Glaubwürdigkeit und Gültigkeit einbüßen.

Zwischen den beiden angedeuteten Positionen lassen sich eine Reihe differenziert abgestufter novellistischer Stellungnahmen zum Problem der Integration des einzelnen in den sozialen Kontext unterscheiden, wobei die im ganzen optimistische Position Schillers jedoch nicht mehr erreicht wird.

Bereits Kleist gestaltet in historischer Verfremdung die undurchsichtige und für den einzelnen unentwirrbare Korruption gesellschaftlicher Machtverhältnisse. Angesichts der zunächst erfolgreichen verbrecherischen Machenschaften privilegierter Schichten vermag nur noch die Einbeziehung des Wunderbaren einen besseren gesellschaftlichen Zustand fiktiv zu antizipieren.

Parallel dazu flüchtet sich Brentano in das religiös fundierte Vertrauen auf ein besseres, die irdischen Ungerechtigkeiten kompensierendes Jenseits. Auf die feudalen Übergriffe und Willkürakte reagiert der Untertan mit leidensvoller Resignation. Die gesellschaftlichen Bedingungen werden mystifizierend in einen Schicksalszusammenhang eingebettet.

Im Vergleich zu Kleist und Brentano nimmt Hoffmann eine beachtenswere Sonderstellung ein, indem er auf die Überzeugungs- und Durchsetzungskraft des moralisch integren einzelnen vertraut. Erst der beispielhafte individuelle Einsatz wendet hier die drohenden ungerechten Sanktionen von der Seite der staatlichen Behörden ab. Aber auch dieser allein auf individueller Tüchtigkeit basierende Lösungsversuch, der letztlich der hohen idealistischen Einschätzung des einzelnen verpflichtet ist, muß unter dem wachsenden restaurativen Anpassungsdruck problematisch erscheinen.

Die Droste zieht aus den repressiven sozialen Bedingungen die Konsequenzen, indem sie den einzelnen an den starren Normen einer geschlossenen Gesellschaft zerbrechen läßt, nachdem dieser seine Identität bis zur Selbstaufgabe eingebüßt hat.

Grillparzer geht sogar so weit, den gesellschaftlichen Kontakt als die Quelle allen Unglücks anzusehen, das über den einzelnen vernichtend hereinbricht. Einzig die selbstgewählte Isolation und die biedermeierliche Abschirmung kann den individuellen Kern vor den andringenden Gefahren der Außenwelt schützen.

Hatten die Romantiker noch den Versuch unternommen, einen gerechteren Gesellschaftszustand zu antizipieren, sei es nun auf dem Wege transzendenter Orientierung oder durch das Vertrauen auf die Wirkung individueller Vermittlung, so macht sich um die Mitte des Jahrhunderts eine unverkennbare Resignation breit. Das Schicksal des Außenseiters Friedrich Mergel legt dafür ebenso Zeugnis ab wie der Leidensweg des Grafen Starschensky, den eine gesellschaftliche Verpflichtung aus seiner befriedeten Isolation herausgezwungen hatte.

Mit Meyers und Fontanes Novellen ist bereits eine völlig andersartige Integrationsphase erreicht. Die bürgerliche Gesellschaft hatte sich auf dem Hintergrund des kapitalistisch-industriellen Aufstiegs von der restaurativen Umklammerung befreit oder war doch zumindest auf dem Wege, auch noch die letzten Fesseln abzustreifen. Im vollen Maße trifft die erste Feststellung auf die bürgerlich konsolidierte Gesellschaft der Schweiz zu. Mit der ständischen Hierarchie schwanden auch die alten Normgebungen und Bindungen. Die Menschen, aus den Klammern der Tradition befreit, gerieten zunehmend in den Sog einer sich ausbreitenden Nivellierung, die der Selbstdarstellung neue ungeahnte Hindernisse in den Weg stellte.

So muß sich der große einzelne bei Meyer letzten Endes den moralischen Normen seiner Umgebung beugen. Eindeutig erscheint sein Beharren auf der Verwirklichung von Ichansprüchen als schuldhaft, und diese seine Schuld, in die er sich notwendig verstrickt, wenn er nur sich selbst folgt, wird als negative Konsequenz zur unausweichlichen Integrationspflicht.

Der Verlust der im wesentlichen ideell verankerten Normen bedingt aber nicht nur die wachsende Nivellierung, sondern leistet darüberhinaus Vorschub für das Vordringen materiell-ökonomischer Orientierungen, die den bürgerlichen Aufstieg ja erst ermöglicht hatten. Die Problematik einer ausschließlich auf den materiellen Erfolg ausgerichteten Lebenspraxis gestaltet Fontanes Novelle. Befangen in ökonomisch-veräußerlichenden Erwägungen, wird das menschliche Gegenüber zum Beuteobjekt und der Kalkulator zum Opfer seiner eigenen Kalkulationen. Der Bürger verfängt sich in dem von ihm selbst gewobenen Netz einer von Geld und Geldeswert beherrschten Gesellschaft. An die Stelle der Unfreiheit unter dem restaurativen Anpassungsdruck ist die selbstverschuldete Unfreiheit unter den scheinbar objektiven Sachzwängen des Kapitals getreten.

Angesichts solcher wachsenden Entfremdungen wird der bei Hauptmann gestaltete Ausbruchsversuch verständlich. Nicht länger erschien die Integration in eine Gesellschaft erstrebenswert, die das Verlangen nach Selbstverwirklichung einer den menschlichen Kern bedrohenden Verdinglichung unterwarf. Der Glaube an eine Humanisierung des Menschen im sozialen Kontext war endgültig der Gewißheit der Depravierung des Individuums im Rahmen der Gesellschaft gewichen. Die Gattung der Novelle mit ihrem grundsätzlichen Vorrang des Ereignisses vor den Personen, ein Strukturzug, in dem sich die Dominanz objektiver Lebenszusammenhänge spiegelt, war damit an ihr historisch bestimmtes Ende gelangt. Ein Neuanfang im Blick auf die Integrationsproblematik beginnt sich in der Modernen in dem konsequenten Ansatz beim einzelnen abzuzeichnen. Innerhalb der seriösen Literatur tritt an die Stelle der Kriminalnovelle der Kriminalroman, der den romanhaften Gattungsgesetzen folgend, die Aufmerksamkeit vornehmlich auf die individuell geprägte Einzelpersönlichkeit in der Konfrontation mit einer entfremdeten, anonymen Wirklichkeit lenkt. Als Beispiel seien hier Dürrenmatts *Der Richter und sein Henker* und Handkes *Die Angst des Tormanns beim Elfmeter* genannt.

Dürrenmatts Kommissar Bärlach ist gekennzeichnet durch eigenwillige, nur im Personalen begründete Entscheidungen, die fast immer den konventionellen Erwartungen zuwiderlaufen. In der unkonventionellen Tataufklärung und der Abstrafung des Schuldigen spiegelt sich der Triumph betont individueller Orientierung.

Handke stellt sich im Gegensatz zu Dürrenmatt auf die Seite des Täters, dessen Perspektive den gesamten Roman beherrscht. Der Mord erscheint weniger als aggressiver Sexualakt, sondern vielmehr als Versuch durch direkte Aktion den Umfang der eigenen Identität inmitten einer entpersonalisierten Umwelt zu ermitteln.

Sowohl aus der Sicht des Kommissars als auch aus der Sicht des Täters erscheint die Welt undurchsichtig und dem individuellen Zugriff des Menschen weitgehend entzogen. Nur beim einzelnen, in der Besinnung auf seine Bedürfnisse und Ansprüche, liegt offenbar eine Chance, die Problematik des Verhältnisses von Ich und Gesellschaft erfolgversprechend anzugehen.

Das Kriminalgenre mit seinem grell gesteigerten Integrationskonflikt behandelt in eindringlicher und eingehender Weise die elementaren Bedingungen gesellschaftlicher Existenz. In den Kollisionen individueller und kollektiver Interessen, wie sie im Kriminalfall transparent werden, treten die neuralgischen Punkte innerhalb der menschlichen Vergesellschaftung zutage. Die Erkenntnis der Dialektik von Ich und Umwelt kann davor bewahren, auf irgendwie beschaffene Endlösungen zu hoffen, die ohnehin die notwendig auftretenden Ungerechtigkeiten nur petrifizieren könnten, vielmehr ist es jedem einzelnen aufgegeben, nach Möglichkeiten und Bedingungen eines dynamischen Gleichgewichts zwischen den Einzel- und Gruppeninteressen zu fragen.

Das Studium der Kriminalnovelle kann ein bedeutsames didaktisches Gegengewicht schaffen zu der Überbetonung individuell-isolierter Lebensgestaltung in der Gegenwart, indem sie den gesellschaftlichen Pol menschlicher Existenz wieder mehr ins Blickfeld rückt und dabei gleichzeitig dialektisch auf die historisch aufgetretenen negativen Entwicklungsmöglichkeiten einer Überakzentuierung sozialer Integration verweist. Ein auf diesem Wege geschichtlich stimulierter Lernprozeß könnte sich fruchtbar auf die gegenwärtige Gestaltung gesellschaftlicher Praxis auswirken.

Der heutige schroffe Gegensatz zwischen dem Ich und der Gesellschaft hat gleichermaßen zur Ohnmacht des einzelnen vor den sozialen Automatismen und zu einer nur funktional begründeten Oberflächenintegration geführt, die überwiegend als Last empfunden wird. Die Kriminalnovelle mit ihrer Dominanz umgreifender Lebenszusammenhänge vermag nicht unwesentlich dazu beizutragen, die Notwendigkeit integrativen Verhaltens neu zu reflektieren und die Gesellschaft von innen heraus wieder mit kritisch-individuellen Impulsen zu beleben. Auf diesem Wege kann dem Bewußtsein individueller Verlorenheit und der lediglich funktional vollzogenen Eingliederung, die letztlich das Beharren auf dem individuellen Freiraum nur noch als Privatutopie erscheinen läßt, wirkungsvoll begegnet werden.

Anmerkungen

I. Einleitung

[1] G. v. Wilpert: Sachwörterbuch der Literatur. 5. Aufl. Stuttgart 1969. S. 412.

Das Buch von E. Marsch: Die Kriminalerzählung. Theorie — Geschichte — Analyse. München 1972. stellt im eigentlichen Sinn keine Auseinandersetzung mit der Kriminalnovelle dar. Marsch geht es im wesentlichen um eine formalisierte Strukturbeschreibung von Kriminalerzählungen, zu denen er relativ undifferenziert Novellen, Romane und Trivialtexte rechnet. Die Herausstellung der vier thematischen Aufbauelemente: Fall, Vorgeschichte, Detektion und Gericht als konstitutiv für die Kriminalerzählung bringt nichts wesentlich Neues. Die Darstellung enthält sich weitgehend einer dialektischen Vertiefung der einzelnen Resultate.

[2] B. v. Wiese: Die deutsche Novelle Bd. 1. Düsseldorf 1964. S. 44.

[3] E. Alker: Die deutsche Literatur im 19. Jahrhundert. Stuttgart 1961. S. 209.

[4] F. Martini: Deutsche Literatur im bürgerlichen Realismus 1848—1898. Stuttgart 1964. S. 763.

[5] zit. nach P. R. Hofstätter: Einführung in die Sozialpsychologie. Stuttgart 1965. S. 178.

Die folgenden Hinweise auf spezielle Forschungsliteratur zu den einzelnen Kriminalnovellen streben keine Vollständigkeit an. Sie sollen dem interessierten Leser weitere Möglichkeiten zum kritischen Vergleich und zu zusätzlichen Informationen erschließen.

II. Friedrich Schiller: Der Verbrecher aus verlorener Ehre

Text: Friedrich Schiller: Gedichte, Prosa. Schillers Werke in Einzelausgaben. Hrsg. v. B. v. Wiese. Frankfurt 1959. S. 249—269.

Forschungsliteratur:

B. v. Wiese: Der Verbrecher aus verlorener Ehre. In: Die deutsche Novelle Bd. 1. Düsseldorf 1964. S. 33—46.

Im Sinne seiner Gesamtkonzeption untersucht v. Wiese die Novelle in erster Linie unter formalstrukturellen Aspekten. Er kommt dabei zu dem Ergebnis, daß ihr die Geschlossenheit und die künstlerische Ganzheit fehle. Eine Einbettung der Novelle in ihren spezifischen historischen Kontext hätte notwendig zu einem anderen Resultat führen müssen. Immerhin stellt v. Wiese zutreffend das „Zusammenwirken oder auch Gegeneinanderwirken von Person und Gemeinschaft“ als thematischen Kern heraus. Eine Fortführung dieses Ansatzes muß notwendig zu einer Revision des obigen Urteils führen.

A. Haslinger: Friedrich Schiller und die Kriminalliteratur. In: Sprachkunst 2 (1971). S. 173—187.

Haslinger geht es im umfassenden Sinn um den Nachweis kriminalistischer Strukturen im Schillerschen Werk. Auf dem Wege einer literaturwissenschaftlichen und formalen Differenzierung kommt er zur Bestätigung, daß es sich bei der vorliegenden Novelle in der Tat um die Eröffnung der Kriminalerzählungen im Bereich der deutschen Literatur handelt. Auf knappem Raum wird dargelegt, daß Schiller in der Novelle „der problematischen Spannung zwischen verbrecherischem Individuum und Gesellschaft sein Augenmerk" widme. Haslinger sieht noch nicht, daß es sich bei Christian um eine Exempelfigur handelt im Hinblick auf die kritische Integration.

K. Oettinger: Schillers Erzählung „Der Verbrecher aus Infamie". In: Schiller-Jahrbuch 16 (1972). S. 266—276.

Dieser Beitrag stellt eine informative rechtsgeschichtliche Aspektanalyse dar. Schillers Erzählung wird im Zusammenhang der zeitgenössischen Rechtsaufklärung gesehen, indem konsequent die Frage nach der Handlungsmotivation des Verbrechers gestellt wird. Im Gegensatz dazu steht die dogmatische Rechtsauffassung, der es lediglich um die Feststellung des strafbaren Tatbestandes geht. Oettinger führt aus, daß der Leser als Anwalt des Verbrechers in eine fiktive Revisionsverhandlung gedrängt werde, um sein Rechtsempfinden zu rationalisieren. Insofern stellt sich der Aufbau der Novelle als eine aufklärerische Strategie dar.

III. Heinrich von Kleist: Der Zweikampf

Text: Heinrich von Kleist: Sämtliche Werke und Briefe 2. Bd. Hrsg. v. H. Sembdner. München 1965. S. 229—261.

Forschungsliteratur:

D. H. Crosby: Heinrich von Kleists „Der Zweikampf". In: MDU 56 (1964). S. 191—201.

Crosby deutet die Novelle als eine Apotheose des Kleistschen Vertrauensbegriffs. Friedrich von Trota wird als eine Bastion des Vertrauens herausgestellt und damit zur eigentlichen Hauptfigur erhoben. Crosbys Analyse stützt sich also im wesentlichen auf Kleists weltanschauliche Orientierung. Ein erheblicher Mangel besteht darin, daß der historische Hintergrund nicht mit hineingenommen und die wunderbare Fügung am Ende keinerlei Problematisierung unterworfen wird.

J. M. Ellis: Kleists „Der Zweikampf". In: MDU 65 (1973). S. 48—60.

Dieser Aufsatz wendet sich energisch gegen die bisher einhellige optimistische Deutung der Novelle. Littegarde und Friedrich werden als lebensuntüchtige Figuren hingestellt, die durch ihr Verhalten die Immoralität und den Opportunismus fördern, denn die egoistische Einstellung der Herzogin wird alles in allem bestätigt. Jakob der Rotbart erscheint als die einzige vitale Gestalt in der ganzen Novelle. Der Ansatz von Ellis muß jedoch als zu oberflächlich zurückgewiesen werden. Es wird übersehen, daß die Hilflosigkeit von Littegarde und Friedrich Ausdruck der Ohnmacht des wahren Rechts in einer korrupten Welt ist. Dazu paßt, daß nur die göttliche Intervention die drohende Ungerechtigkeit abwenden kann. Zutreffend ist jedoch, daß es sich hier nicht um eine optimistische, sondern um eine zutiefst tragische Darstellung des Rechtszustands handelt. In diesem Sinne hat der Novellenausgang Appellcharakter.

IV. Clemens Brentano: Geschichte vom braven Kasperl und dem schönen Annerl

Text: Clemens Brentano: Werke Bd. 2. Hrsg. v. F. Kemp. München 1963. S. 774—806.

Forschungsliteratur:

W. Silz: Brentanos „Kasperl und Annerl“. In: Realism and Reality. Studies in the German Novelle of Poetic Realism. Chapel Hill 1954. S. 17—28.

Silz untersucht die Novelle unter gattungspoetischen Gesichtspunkten und sieht in ihr die Erfüllung aller zeitgenössischen Novellentheorien. Er erklärt sie zur ersten deutschen „Dorf- und Bauernnovelle“. Da er den Ursachen des kriminellen Konfliktstoffs nicht im einzelnen nachgeht, bleibt die Deutung im ganzen zu formal.

B. v. Wiese: Clemens Brentano, Geschichte vom braven Kasperl und dem schönen Annerl. In: Die deutsche Novelle Bd. 1. A. a. O. S. 64—78.

Es wird bestritten, daß es sich hier um eine bloße Dorfnovelle handle. Vielmehr stehe die Novelle zwischen Märchen und Wirklichkeit. Die Ehre wird als Zaubermacht gedeutet, die als tragisches Verhängnis auf den ehrsüchtigen Menschen zurückwirke. Stärker als bei Silz ist in dieser Deutung die fraglose Hinnahme des schicksalhaften Waltens. Die Frage nach den gesellschaftlich bedingten Ursachen der tragischen Verwicklungen wird an keiner Stelle formuliert.

R. Alewyn: Brentanos „Geschichte vom braven Kasperl und dem schönen Annerl“. In: Interpretationen. Deutsche Erzählungen von Wieland bis Kafka. Frankfurt 1966. S. 101—150.

Alewyn bietet eine breit angelegte Analyse der Zeiterfahrung. In diesem Sinne wird die Erfahrung der Endlichkeit der Zeit und die Konvergenz aller Zeitläufte herausgestellt. Dabei gelingt die konsequente Einbeziehung der Erzähl- und Symbolstruktur. Im letzten geht es nach Alewyn um die Wandlung des epochalen Bewußtseins zum Endzeitbewußtsein. Weiterführend ist in diesem Ansatz die Hineinnahme des historischen Kontextes, wenn auch die kompensatorische Komponente des Zeitdarstellung noch völlig vernachlässigt wird.

H. Lehnert: „Die Gnade sprach von Liebe“. In: Geschichte — Deutung — Kritik. Festschrift für W. Kohlschmidt. Hrsg. v. M. Bindschedler und P. Zinsli. Bern 1969. S. 199 ff.

Konsequent wird die Novelle hier von ihrem religiösen Gehalt her gedeutet. Erkenntnisleitender Gesichtspunkt ist die Mittlertheologie der zeitgenössischen Christologie. Von daher ergeben sich wertvolle Einsichten in Brentanos eigene religiöse Wende. Die Abhängigkeit des theologischen Gehalts von Brentanos gesellschaftspolitischen Erfahrungen hätte allerdings unbedingt mit berücksichtigt werden müssen.

G. Kluge: Vom Perspektivismus des Erzählens: Eine Studie über Clemens Brentanos „Geschichte vom braven Kasperl und dem schönen Annerl“. In: Jb FDH 1971. S. 143 ff.

Kluge wendet sich sowohl gegen die theologische Interpretation als auch gegen eine Überbetonung der Figur der Alten bei Alewyn. Er geht von der Notwendigkeit des Vorhandenseins von zwei Erzählern aus. Als Kernthematik sieht er an „das Problem des rechten oder falschen Verhältnisses des Menschen zum Leben, das die Frage nach dem rechten oder falschen Verhältnis zur Transzendenz einschließt ..." Entscheidend ist die Betonung des dissonantischen Schlusses im Blick auf die humane Intention der Novelle. Hier kann eine historisch vertiefende Deutung ansetzen.

V. E. T. A. Hoffmann: Das Fräulein von Scuderi

Text: E. T. A. Hoffmann: Dichtungen und Schriften Bd. 2. Hrsg. v. W. Harich. Weimar 1924. S. 163—253.

Forschungsliteratur:

M. Thalmann: E. T. A. Hoffmanns „Fräulein von Scuderi". In: MDU 41. (1949). S. 107—116.

Die Novelle wird in ihrer Struktur eindeutig als Kriminalgeschichte erkannt und beschrieben. Im Mittelpunkt steht für die Interpretin der mit dem „Kainszeichen der romantischen Meisterschaft" behaftete Cardillac. Für sie ist der Goldschmied die Synthese von Unmensch und Übermensch, der erst im Leid und in der Verzweiflung seine Vollendung erlebt. Die bürgerliche Sicherheit gilt ihm nichts. Insofern stellt er eine Bedrohung für die bürgerliche Gesellschaft dar und muß letztlich an ihr zerbrechen. Die Übertragung romantischer Kunst- und Künstlerphilosophie auf die Novelle wirkt willkürlich und führt zu Überinterpretationen. Durch die Überbetonung Cardillacs werden die anderen Figuren, unter ihnen auch die titelgebende Scuderi, ungerechtfertigt in den Hintergrund gedrängt, und das Kriminalgeschehen selbst mit seinen zeitgeschichtlichen Implikationen muß sich vollends dem gewählten interpretatorischen Zugriff entziehen.

H. Himmel: Schuld und Sühne der Scuderi. Zu Hoffmanns Novelle. In: Mitteilungen der E. T. A. Hoffmann-Gesellschaft. 7 (1960). S. 1—15.

Himmel versucht in seiner Studie die Überbetonung Cardillacs in etwa zurückzunehmen, indem er die Scuderi als die tugendhafte Frau schlechthin darstellt, die den dämonisch zerrissenen Künstler erlösen könnte. Nach der Auffassung Himmels wird sie jedoch schuldig, weil sie zu sehr den Anschauungen ihrer Umgebung verhaftet sei. Erst zum Schluß würde sie die ihr zugedachte Aufgabe erkennen. Die hier vorgetragenen Thesen lassen sich aber schon allein auf Grund eines rechten Textverständnisses nicht halten. Die Scuderi ist gerade durch ihre Oppositionshaltung zu ihrer unmittelbaren Umgebung gekennzeichnet. Erst ihre kritische Einstellung verhindert die Katastrophe. Von einer Sühne auf ihrer Seite kann überhaupt nicht die Rede sein. Fraglich bleibt bei der vorliegenden Untersuchung vor allem, wie denn der gesellschaftliche Hintergrund in die Deutung miteinzubeziehen sei.

K. Kanzog: E. T. A. Hoffmanns Erzählung „Das Fräulein von Scuderi" als Kriminalgeschichte. In: Mitteilungen der E. T. A. Hoffmann-Gesellschaft. 11 (1964). S. 1—11.

Kanzog spürt vor allem der kriminalistischen Erzählform der Novelle nach. Sie konstituiert sich für ihn in den Grundelementen von Reiz, Stimmung, Spannung und Befriedigung. In äußerst sorgfältigen Untersuchungen werden diese Elemente in der Struktur und in der Sprachgebung nachgewiesen. Die selbstgenügsame Strukturanalyse kann jedoch höchstens ergänzenden Charakter haben, da sich Kanzog einer Funktionsbestimmung durch die bestätigenden Hinweise auf die Ergebnisse Thalmanns und Himmels völlig enthält.

VI. Franz Grillparzer: Das Kloster bei Sendomir

Text: Franz Grillparzer: Sämtliche Werke Bd. 3. Hrsg. v. P. Frank und K. Pörnbacher. München 1964. S. 119—145.

Forschungsliteratur:

K. Schaum: Grillparzers „Kloster bei Sendomir". In: Wort und Zeit Bd. 8. (1962). S. 41—45.

Schaum sucht einen existenzphilosophischen Zugang zu der sonst kaum beachteten Novelle. Das Leiden soll in der Novelle als Bedingung verstanden werden, über die engen Grenzen des subjektiven Wesens hinauszugelangen zu den universalen Gesetzen des Lebens. In der Überwindung der Individuation soll die reine Seele wieder zu sich selbst finden. Statt einer Deutung bietet Schaum fortgesetzte Mystifikationen, die sich jedem rationalen interpretatorischen Zugriff entziehen. Vergebens hält man in den vorliegenden Ausführungen Ausschau nach analytischen Ansätzen im formalstrukturellen Bereich und nach einer kritischen Wertung der geschilderten Ereignisse.

VII. Annette von Droste-Hülshoff: Die Judenbuche

Text: Annette von Droste-Hülshoff: Sämtliche Werke. Hrsg. v. C. Heselhaus. München 1966. S. 882—936.

Forschungsliteratur:

W. Silz: Annette von Droste-Hülshoff, „Die Judenbuche". In: Realism and Reality. Chapel Hill 1954. S. 36—51.

Silz sieht die Novelle bestimmt von der alttestamentlichen Ethik. Simon erscheint als die Verkörperung der Satanischen schlechthin. In der Erzähltechnik wird vor allem das Moment der Verzahnung herausgehoben. Die seit Staiger üblich gewordene starke Akzentuierung des Alttestamentlichen gerät allerdings auch hier in die Gefahr, die Bedeutung der einleitenden Verse und des eingeblendeten Weihnachtsliedes zu übersehen.

B. v. Wiese: Annette von Droste-Hülshoff? „Die Judenbuche". In: Die deutsche Novelle Bd. 1. A. a. O. S. 154—175.

Die Novelle wird als sozialpsychologische Studie begriffen. Bemerkenswert sind die Ausführungen zur Struktur und zur Symbolsprache. Es erfolgt eine klare Gliederung der Erzählphasen nach den Prinzipien der Raffung und Dehnung. Die verwendeten Symbole werden in enger Verbindung zur Wirklichkeit gesehen. So wird die Buche, die zunächst in den Wald eingebunden ist und später allein herausragt, analog auf die Integrations- bzw. Desintegrationsphasen in Friedrichs Leben bezogen. Schwer nachvollziehbar ist allerdings die Herausstellung des Bösen als eine Art Eigenmacht. Hier

8(1/4) Freund, Kriminalnovelle (72816)

hätte der sozialpsychologische Ansatz denn doch ernster genommen werden müssen.

H. Henel: Annette von Droste-Hülshoff: Erzählstil und Wirklichkeit. In: Festschrift für B. Blume. Göttingen 1967. S. 146—172.

Für Henel besteht der Sinn der Novelle in ihrer Dunkelheit. Nicht die Verkettung von Schuld und Sühne sei zentral, sondern die Einsicht, daß Verstand und Vernunft des Menschen ohnmächtig sind, die Wirklichkeit zu erfassen und die Wahrheit zu erkennen. Auf Grund dieser Deutung, die sich auf eine ganze Reihe Indizien stützen läßt, läßt sich auch die angebliche Mordschuld Friedrichs nicht eindeutig belegen. Die vorliegende Analyse hat neue Akzente gesetzt, die von der Droste-Forschung allerdings bisher nicht akzeptiert worden sind.

H. Rölleke: Erzähltes Mysterium. Studie zur „Judenbuche" der Annette von Droste-Hülshoff. In: DVjs 42 (1968). S. 399—426.

Das Geschehen soll sich nach der Auffassung dieser Studie auf der Basis der superbia, der Ursünde der Stammeltern vollziehen. Auch Friedrich hat teil an dieser Ursünde, die bei ihm nach dem Auftauchen des Doppelgängers hervortritt. Friedrichs Schicksal wird im letzten mit dem Schicksal des umhergetriebenen Kains parallelisiert. Im ganzen wirkt diese Deutung zu weit hergeholt. Ohne die Einbeziehung des gesellschaftlichen Kontexts, auf den Friedrich ständig reagieren muß und der Ziel seines Verhaltens ist, entfernt sich Rölleke zu sehr von dem sozialpsychologischen Gehalt der Novelle.

W. Freund: Der Mörder des Juden Aaron. Zur Problematik von Annette von Droste-Hülshoffs Erzählung „Die Judenbuche". In: WW 19 (1969). S. 244—253.

Der Aufsatz versucht, den sozialpsychologischen Ansatz zu vertiefen, indem das novellistische Geschehen als typisches Konfliktgeschehen zwischen dem Ich und seinem sozialen Umfeld dargestellt wird. Die Struktur wird als reversible Kreisbewegung beschrieben. Der letzte die alttestamentliche Ethik enthaltende Satz muß in chronologischer Konsequenz wiederum auf die Anfangsverse, die die Position des Neuen Testaments vertreten, zurückbezogen werden, um auf diesem Wege das christliche Lösungsangebot der Novelle zu erkennen.

H. Rölleke: Annette von Droste-Hülshoff, „Die Judenbuche". Commentatio Bd. 1. Bad Homburg 1970.

Neben einem vorzüglich edierten Text der Novelle enthält dieser Kommentarband informative Erläuterungen zu den textlichen Vorstufen der Novelle, zu dem gesellschaftlichen räumlichen und zeitlichen Hintergrund und zur gegenwärtigen Forschungslage. Die angebotene Analyse verbleibt allerdings zu sehr im Textimmanenten.

C. Heselhaus: Annette von Droste-Hülshoff. Werk und Leben. Düsseldorf 1971. S. 146—165.

Heselhaus will die Novelle als Dokument realistischer Dichtungsauffassung verstanden wissen. Den Kontrast, den Widerspruch und die Mehrschichtigkeit versteht er als den Kern eines sog. realistischen Systems. Das Anliegen der Kunst aus dem Volke, aus dem Leben und aus der Menschennatur soll erneuert werden nach der Periode einer stilisierten Kunst. Epochenzuweisungen sind immer mißlich, sie werden dadurch noch mißlicher, wenn man wie Heselhaus glaubt, den sozialgeschichtlichen Hintergrund im wesentlichen außer acht lassen zu können, indem man sich auf formale Positionen und einen vagen Begriff von der Menschennatur zurückzieht.

VIII. Conrad Ferdinand Meyer: Die Richterin

Text: Conrad Ferdinand Meyer: Novellen Bd. 2. Hrsg. v. H. Engelhard. Stuttgart 1960. S. 133—200.

Forschungsliteratur:

H. Bänziger: Schuld und Sühne. Die Richterin. In: Schweizer Annalen. 2 (1945). S. 28—34.

Bänziger vergleicht die Novelle Meyers mit Dostojewskis Roman „Schuld und Sühne". Er sieht in beiden Werken Verkörperungen außergewöhnlicher Menschen inmitten eines verflachten Zeitalters. Im Unterschied zu Raskolnikow wird bei der Richterin das konsequentere Beharren auf der persönlichen Autonomie herausgestellt. Der angestrebte Vergleich eröffnet wertvolle Perspektiven, zumal der gesellschaftliche Hintergrund ständig miteinbezogen wird. Bänzigers Hinweis auf Nietzsche spricht bereits die Problematik des fortwährend nivellierenden Tendenzen ausgesetzten Bürgers am Ende des 19. Jahrhunderts an.

IX. Theodor Fontane: Unterm Birnbaum

Text: Theodor Fontane: Sämtliche Werke Bd. 3. Hrsg. v. E. Gross u. K. Schreinert. München 1959.

Forschungsliteratur:

R. Hardt: Theodor Fontane, „Unterm Birnbaum". In: Weltstimmen 26 (1957). S. 266—268.

Die Novelle wird als eine der besten Kriminalgeschichten der deutschen Literatur bezeichnet, ohne daß allerdings der Beweis angetreten wird. Fast der gesamte Aufsatz erschöpft sich in einer Inhaltswiedergabe. Das Ende Hradschecks wird unkritisch als schicksalhaft gedeutet. Eingehende analytische Ansätze fehlen völlig.

X. Gerhart Hauptmann: Der Schuß im Park

Text: Gerhart Hauptmann: Erzählungen. Berlin/Frankfurt/Wien 1959. S. 463—511.

Forschungsliteratur:

Eine eingehende Spezialuntersuchung ist mir nicht bekannt geworden.